ベリーズ文庫

愛艶婚
～お見合い夫婦は営まない～

夏雪なつめ

STARTS
スターツ出版株式会社

目次

愛艶婚～お見合い夫婦は営まない～

特別書き下ろし番外編

愛艶婚
～お見合い夫婦は営まない～

合縁奇縁

オレンジ色の柔らかな明かりが、ふたりの肌を照らす。

大きなベッドの上、タオル一枚を身にまとった私は緊張感を漂わせながら、夫である彼の体を押し倒した。

胸の中に込み上げる思いはひとつ。

あなたと、本物の〝夫婦〟になりたい。

誰よりも深い絆《きずな》で、なににも揺らがないような関係でいたい。

「……抱いて、ください」

小さく呟いた私に、彼の透き通るようなヘーゼルカラーの瞳は大きく驚き見開かれた。

「私、清貴《きよたか》さんの妻ですよね。だから……あなたとのつながりがほしいんです」

緊張する。声が、震える。

だけど、恋を経ずに夫婦となった私たちをつなぐ手段は、これしか思いつかないから。

後悔は、ない。

そう決意して息をのんだ――けれど。

「……ごめん」

目の前の彼の薄い唇から発せられたのは、それらすべてを拒むようなひと言だった。

どんなに望んでもそばにいても、私と彼は本物の夫婦にはなれない？

こんなにも、心はあなたを求めているのに――。

＊＊＊

季節は五月。爽《さわ》やかな晴れ空が広がる、連休明けの月曜日。

走る車の窓から外を見ると、勾配《こうばい》のついた道を、青く茂る木々がトンネルのように覆《おお》う。

平日にもかかわらず多くの観光客でにぎわう箱根湯本《はこねゆもと》の駅を横目に山を越えると、雄大な芦ノ湖《あしのこ》のほとりにそれはあった。

『NAGO《ナゴ》 GROUP《グループ》 RESORT《リゾート》 hakone《はこね》』と書かれた門を車でくぐる。

敷地面積は六千坪はあるだろうか。広大な敷地にどんと構えた三階建ての和風旅館。

三棟に分かれた白色の外壁を見つめるうちに、車は駐車場の端に停められた。

「はい、到着」

運転席からかけられた声を合図に、後部座席に乗っていた私はドアを開けた。

鮮やかな赤色の生地に花と手毬《てまり》が描かれた華やかな振袖に身を包み、不慣れな草履《ぞうり》で地面を踏む。

「うーん、疲れたー」

地元から三時間近くの道のりを、着物姿のまま車に揺られていたこともあり、私は凝った体を思い切り伸ばす。

そして改めて、目の前にそびえる旅館に目を留める。

「聞いてはいたけど……立派な建物だなぁ」

あまりに大きな建物に、圧倒されるようにため息混じりに呟いた。

続いて運転席から降りてきたショートカットの中年女性……私の叔母《おば》である冬子《ふゆこ》さんは、ぼんやりとする私の背後に回り、少し曲がった帯をぐっと直す。

「なにを今さら。あの名護《なご》グループの本店よ？　立派に決まってるじゃない」

「そうだけどさ。まさかこんな大きな会社に自分が嫁ぐなんて思わなかったから」

まだ実感など湧くわけもなく、どこか他人事《ひとごと》のような言い方になってしまう。

杉田春生《すぎたはな》、二十五歳。職業は元高校の英語教師。……わけあって現在は、無職。独身、彼氏なし、そもそもここ数年、恋愛自体ご無沙汰《ぶさた》だ。

そんな私は今日ここで人生初のお見合いをする。

「……春生、本当にごめんね。嫌だったら今からでも断ってもいいのよ？」

「もう、何度も言ってるじゃん。大丈夫だってば！　彼氏もいないし仕事もしてないし、むしろ玉の輿《こし》の話が転がり込んでくるなんてラッキーだって」

申し訳なさそうに言う冬子さんに、私はえへへと笑ってピースをしてみせる。

そんないたっていつも通りな私に、冬子さんは眉を下げたまま、つられたように笑った。

「ありがとうね、春生」

冬子さんがここまで申し訳なさそうにする理由も、わからなくもない。

〝お見合い〟といっても私に拒否権はない。

親たちの間でほぼ決まりきった縁談を確定させるための顔合わせのようなものだ。

というのも、このお見合いはいわゆる政略結婚というやつだから。

私が五歳の頃、両親が亡くなった。ふたり揃って車に乗っていたところ、信号無視のトラックにぶつけられての事故だった。

ひとり残った私を引き取ってくれたのが、父の姉であった冬子さんだった。

冬子さんは旦那さんと息子さんとの三人家族で、群馬《ぐんま》県で『杉田屋《すぎたや》』という温泉旅館を営んでいる。

ただでさえ旅館経営で忙しい中、冬子さんも旦那さんも本当の親のように育ててくれた。息子さんも、本物のお兄ちゃんのように優しくしてくれた。

大学にも行かせてもらい、無事に教員免許を取ることができた私は、東京《とうきょう》でひとり暮らしをしながら、高校の英語教師として働いていた。

けれど勤務先でいろいろあり、教師を辞めたその矢先、冬子さんたちからこの結婚話を聞かされたのだった。

『ごめんね、春生……うちのために、結婚してほしいの』

『け、結婚⁉』

突然の話になんのことかと詳しく聞けば、もう何年も前から旅館の経営は火の車だったらしい。

老舗旅館といいながらも、老朽化したところは修繕しなければならないし、ところどころ設備投資も必要になる。たくさんの旅館が軒を連ねる中で、うちのような小さな温泉旅館が生き残るのは厳しい状況だったそう。

そんな中、昔からの常連客で大手リゾート会社の社長を務める男性から買収の話を持ちかけられたのだという。

買収といっても旅館の形や名前はそのままで、リゾート会社のグループに入るだけ。経営権はその会社のものになるけれど、旅館の運営については今まで通り任せてくれるそうで、冬子さんたちもそういうことならと契約を結んだのだという。

ところが、その代わりにと社長さんから言われたのが『杉田屋の娘さんをうちの長男の妻にほしい』という条件だった。なんでも、社長のひとり息子は将来会社を継ぐべく熱心に仕事するあまり一向に浮いた話がないらしく、ならばいっそと社長さんが結婚相手を用意することにしたのだそう。

その話を申し訳なさそうにする冬子さんに、当然戸惑ったけれど最終的に私は了承した。

恋人はいない、好きな人もいない、仕事もない。そんな今の状況の自分に、結婚という選択肢もありかなと前向きに判断した結果だった。

……それに、これでやっと恩返しができる。

冬子さんと旅館の入り口へ向かおうとしていると、緑色の着物に身を包んだ、仲居であろう若い女性が近づいてきた。

「杉田様ですね、お待ちしておりました。こちらへどうぞ」

彼女のあとに続いて建物へ入っていく。木の格子がついた引き戸を開けると、そこには真っ赤な絨毯《じゅうたん》の敷かれたフロントがあった。

チェックイン時刻前のようで、お客さんはまだいない。

「いらっしゃいませ」と落ち着いた声で出迎える、フロントの男性に会釈《えしゃく》をしながら、その先のロビーへと足を進める。

高級感のあるソファセットが置かれたロビーは壁一面がガラス張りとなっており、目の前に芦ノ湖がどんと広がっていた。

どこを見ても格調高い建物内に、私は圧倒されつつ歩いていく。

外観もすごかったけど、さすが、内装も豪華だ……。

それもそのはず。ここはあの名護グループの本店なのだから。

このたび私が嫁ぐことになった『名護グループリゾート』というのは、国内最大手のリゾート会社だ。

本社は都内にあり、一番有名な旅館がここ箱根。

国内外の観光地にホテルや旅館を持っており、日本らしい和風旅館から都会的なラグジュアリーホテルまで、日常を忘れさせるようなリゾート感と完璧な接客でお客の心を満たしてくれると満足度の高さで有名だ。

近年は『老舗の伝統を守るため』と、各観光地でうちのような経営の厳しい旅館などを買収し、立て直すという取り組みも積極的に行っているそう。

……というのが、今回ネットで調べた情報。

でも、こんな立派なリゾート会社の社長の息子だなんて……どんな人なんだろう。怖くて息子さんのことまでは調べられなかったんだよね。

急に決まった結婚だったから、お互いお見合い写真すらなく相手の顔もわからない。いや、これだけ大きな会社の息子だ、ネットで調べれば顔写真のひとつくらい出てきたかもしれない。けれど、それも勇気がなくて見ることができなかった。

私が彼について知っていることは、年齢は私より五つ上の三十歳。お母さんがイギリス人で、お父さんが日本人のハーフであることくらいだ。

だけど、お父さんが心配して結婚相手を探すくらいだ、ある程度の覚悟はしておかなければ。

見た目や中身が超個性的だったらどうしよう。むしろ向こうから嫌な顔をされてしまったらどうしよう。

いや、でも相手がどんな人だろうともう決まってしまったこと。

私の取り柄は健康と前向きなところだ。

どんな相手だとしても、これも巡《めぐ》り合わせ！　ならそれを楽しんでみせる！

胸の中でぐっと気合いを入れていると、前を歩いていた仲居さんが応接室らしき部屋の前で足を止めた。

それに合わせて立ち止まると、彼女は障子の前に正座し、室内に向かって声をかける。

「失礼いたします。副社長、杉田様がいらっしゃいました」

「どうぞ」

中からは、低く短い声が返ってくる。

それを聞いて仲居さんがそっと障子を開ける。

目の前の和室には、スーツ姿の男性が座っていた。

栗色の柔らかな髪をした彼は、高い鼻、薄い唇とひとつひとつのパーツが小さな輪郭の中にバランスよく置かれた綺麗な顔立ちをしている。

にこりともしないクールな表情で、くっきりとした二重瞼《まぶた》に暗めのヘーゼルカラーの瞳が印象的だ。日本人寄りではあるけれど、聞いていた通りのハーフらしい顔立ちだ。

こちらを見て立ち上がった彼は、細身のスリーピーススーツがよく似合う、すらりとしたスタイルだ。

身長は百五十五センチの私より三十センチは高い。足も長い。

まるで芸能人かのようなその見た目に、ほれぼれと目を奪われてしまう。

「どうぞ。座ってください」

仲居さんが部屋を出て、彼が座るように促した。すっかり見惚《みと》れて立ったままでいた私は、冬子さんがすでに席に着いていることに気づいて慌てて隣に座った。

彼が私の向かいに腰を下ろすと、少し緊張してしまう。

「遠いところご足労いただきすみません。名護清貴と申します」

彼……名護さんはそう言いながら、冬子さんへ名刺を手渡す。

それをのぞき込むと、『株式会社名護グループリゾート取締役副社長　箱根本店支配人　名護清貴』と書かれている。

まだ若いのに副社長でありながら、ここの責任者も任されているんだ。すごいなぁ。

「あら、本日はご両親はいらしていないんですか？」

「両親は今、海外で新店の準備に取りかかっておりまして。今回は帰国できなかったため、また改めてご挨拶させていただきます」

落ち着いた声で応える彼に、冬子さんは笑顔で頷き、室内を見回しながら言う。

「さすが名護リゾートさん、外装から内装まで素敵ですね」

「恐れ入ります。杉田屋さんの歴史には敵いませんが、うちなりのよさを出していければと」

そう言いながらも、その表情はにこりともしない。けれどピンと伸びた背筋や座る姿、視線を動かす仕草などひとつひとつに品がある。

ついまじまじと見惚れてしまうと、ふいにこちらを見た彼と目が合った。

はっ、私、自己紹介がまだだった。

「申し遅れました、杉田春生と申します！」

座ったまま深々とお辞儀をする私を、名護さんはじっと見つめる。

無言で見られると緊張する……ほかにもなにか、自己紹介らしいことを言わなきゃ！

「以前は都内で英語教師として働いてまして、家事全般が得意です！　えっと……あっ、座右の銘《めい》は〝人生楽しんだもん勝ち〟です！」

あがってしまい、つい余計なことまで言ってしまった。

はっとしたときには、彼は私に冷ややかな眼差しを向けていた。

その視線ひとつでわかる。

バカっぽいって呆《あき》れられているな……と。

凍りつきそうな空気に冬子さんも慌ててフォローを入れる。

「ご、ごめんなさいね、うちの子ポジティブで……！」

「いえ、前向きなのはいいことです」

そう言いながらも、やはり彼は真顔のまま。

あぁ、出だしからやってしまった……。

それから三人で少し話をした。

といっても話していたのはほとんど冬子さんと彼で、主に彼の会社のことや杉田屋のことなど、ビジネス的な話題だ。私にはなにひとつついていけなかった。

しばらくすると、名護さんは左手の高級そうな腕時計をチラリと確認した。

「すみません、このあと仕事が控えておりまして。今日はこのあたりで」

「そうですね、お忙しいところお時間いただいてすみません」

会話を一度切り上げると、彼は改めて私を見る。

「では、結婚の話は成立ということでよろしいでしょうか」

「はっ、はい、もちろんです！」

「でしたら一週間後、またこちらにいらしてください。それまでに荷物は送っていただいて……家財道具は自宅に揃ってますが、必要なものがありましたらご連絡いただければと」

まるで商談のように淡々と述べると、名護さんは「あと」と、スーツの内ポケットから用紙を取り出す。

それは、初めて実物を目にする〝婚姻届〟。

名護さんの欄はすべて記入済みで、形のよい綺麗な字が印象的だ。

「こちらにご記入いただけますか？」

たずねながら、彼は高級そうな銀色のボールペンをこちらへ差し出した。

これを書いたら、決まってしまう。

もう逃げられないし、なかったことにもできない。

……だけど、それでいい。

そもそも私に選択肢はない。選びたい未来があるわけでも、ない。

「……はい」

覚悟を決めて頷くと、私はペンを手に取った。

指先に感じるボールペンの重みはきっと忘れられないものになるだろう。

こうして私は、〝名護春生〟となった。


それから一週間は慌ただしく過ぎていった。

必要な荷物をまとめ、業者に持っていってもらい、結婚したのだからと銀行やクレジットカードなどの名義変更をして……。

そして迎えた、一週間後の月曜日。私は先日お見合いをした箱根の旅館の前に立っていた。

今日から名護さんと一緒に暮らすんだ……。

でも正直、この前のあの冷ややかな表情から、夫婦として仲睦《なかむつ》まじく暮らせる図が浮かんでこない。

彼自身の態度も、仕事の延長といった感じだったし。

「奥様、お疲れ様でございます。副社長はあちらにいらっしゃいます」

そう案内してくれるのは、スーツ姿の初老の男性。今回名護さんの指示でわざわざ私の地元まで迎えに来てくれた人だ。

電車を乗り継いで移動するより楽だろう、と気遣ってくれるあたりいい人ではあるんだろうけど。奥様、なんて慣れない響きがむずがゆい。

男性に案内され、旅館の裏へと回る。

そして細い道を歩いていくと、旅館から徒歩数分のところに家が建っていた。

白い塀に囲われた、まだ新しそうな二階建ての一軒家。和風建築の外観にベージュ色の外壁がどこかモダンな印象だ。

「り、立派な家……」

思わず口に出てしまった。

「中で副社長がお待ちですので。私はここで失礼いたします」

深々とお辞儀をする男性にお礼を言ってから、私は黒い門をくぐった。

真っ白な石畳を踏んで玄関へ向かい歩いていくと、中からドアが開けられる。

「来たか。お疲れ」

そこには先日同様、スーツ姿の名護さんがいた。

冬子さんがいないためか、先日は常に敬語だった言葉も少し柔らかい印象だ。

「わざわざ迎えの車まで手配していただいてありがとうございました」

「いや、いい。電車だと乗り継ぎも面倒だしな」

スリッパを用意しながら「どうぞ」と中へ入るよう促す彼に、私はパンプスを脱ぎ家にあがる。

「おじゃまします」

私たち以外はいないのだろう、静かな廊下にはふたりの声だけが響く。

「ここにおひとりで住まわれているんですか？」

「あぁ。以前は両親も住んでいたが、今はふたりは主に都内の家にいるんだ」

「都内にもおうちがあるんですか」

「といっても向こうはマンションだけどな。あと北海道《ほっかいどう》と沖縄《おきなわ》に一軒ずつある」

「は、はぁ……」

そんなにたくさん家が……⁉

自分が育ってきた環境との違いに呆気《あっけ》にとられながら、名護さんのあとに続いて家中を見て回る。

一階の端から、客間、トイレ、浴室。そこから坪庭を見ながら階段で二階に上がると、一番奥の部屋が彼の書斎兼寝室だという。

「あと、ここがきみの部屋になる。荷物は搬入してあるから確認しておいてくれ」

名護さんがそう視線で示す先にあるのは、二階手前の茶色いドア。

「あれ……部屋は別々なんですか？」

「もちろん。一緒のほうがよかったか」

「え⁉　あっいや、そういうわけじゃないんですけど！　夫婦ですし！　そう思っていただけで！」

なにげなくたずねてしまったけれど、まるでそうなることを期待していたように聞こえてしまったかも！

恥ずかしさから慌てて否定する私に、名護さんはやはり表情を変えることなく「そうか」と頷いた。

そうだよね、夫婦になるとはいえプライバシーは必要だし、寝室は別だよね……。

それはちょっとよかった、かも。

安堵《あんど》しながら一階に戻り、廊下突き当たりの部屋に入る。

そこは茶色い大きなソファとローテーブルが置かれた広々としたリビングだった。

床と天井は明るい木目で揃えられており、窓に面した障子からは太陽の光が透けている。

彼がそっと障子を開けると、真っ白な石畳と池、形のいい木々で造られた日本庭園が広がっていた。

「わぁ……綺麗」

思わず声に出してから、隣に立つ彼を見上げる。

「素敵なお家ですね！　でもご家族と住んでいたにしては新しい気も……」

「昨年だったか、建て直ししたんだ。これまでの家は親の好みで少し不便だったからな」

だから全体的に真新しいわけだ。

無垢材《むくざい》や珪藻土《けいそうど》などを使用しながらもスタイリッシュな内装は、全体的に和モダンな雰囲気だ。

でも少し不便というだけで建て直ししてしまうあたり……お金持ちの発想だ。

「この隣がダイニング、奥にキッチンがある。基本的に好きに使ってもらって構わないし、必要なものがあれば仲居の中に何名かハウスキーパー兼任の者がいるから頼むといい」

あぁ、どうりで綺麗だと思ったら仲居さんが家のこともしているんだ。

綺麗に整った室内を見ると、そうだよねと納得できた。

「あ、じゃあ掃除とか洗濯とか、家のこともその人に聞けば大丈夫ですね」

「あぁ、といっても、今後も家のことはすべてその者たちがやるが」

その人たちがやる……って、ことは？

「えっ、じゃあ私はなにをすれば？」

「なにもしなくていい」

私の問いに、名護さんははっきりと答える。

「なにもって……料理も洗濯も掃除もですか⁉　じゃあなにを……はっ、夜のお相手だけってことですか⁉」

「それもいらない」

頬を赤らめた私の発言に、名護さんはまたもはっきりと拒否をした。

あ……そうですか。求められてもたしかに困るけれど、『いらない』ってはっきり言われるのはちょっと悲しい。

でも、なにもしなくていいなんて……本当にいいのだろうか。私は仕事もしていないから専業主婦になるのに。

家事は得意だし、やる気も満々だった。それだけに、まさかのことに戸惑いながら納得できずにいる私を見て、名護さんはリビングの窓をそっと開ける。

網戸からはふわりと爽やかな風が舞い込んだ。

「それって、妻としていいんでしょうか」

「別にお互い好きで結婚したわけじゃない。なら普段から夫婦らしく努める必要はないだろ」

たしかにそうだけど……。

眉ひとつ動かさず言ってみせる彼は、その見た目通り中身もクールというかドライみたいだ。

冷たくも感じるけれど、説得力があり納得できてしまう。

「でもそれならなにか仕事とかしたいです。さすがに経営のことはわからないですけど……そうだ、仲居さんの仕事とか！」

「してもいいが、周りが気を使うと思うぞ」

たしかに……。私はよくても、仲居さんからすれば、副社長の嫁が一緒に働くなんてやりづらいだろう。

ここまで来る途中に見た感じ、この近辺で働くようなところもなさそうだ。

……つまり、家事も仕事もせず毎日ここで好きに過ごしていればいい、ということ。

そんな生活で本当にいいんだろうか。

せめて私に会社経営のノウハウがあればまた違ったかもしれないのに……！

「あの、結婚相手をこんな形で決めてよかったんですか？」

いくら親が決めた結婚とはいえ、会社の経営を手伝える人とか、もっといい相手を選ぶこともできたんじゃないだろうか。

そんな不安からたずねると、彼は淡々と答える。

「別に。結婚願望もなかったし、親が世間体を気にするから結婚することにしただけだ。相手なんて人間ならなんでもいい」

「許容範囲広すぎませんか!?」

人間ならって！　それはそれで複雑だ。

「だから妻としてうまくやろうとか思わなくていい。きみと俺が夫婦でいるのは戸籍上のみで、あくまで他人だ」

名護さんはそう言うと、「仕事に戻る」とリビングをあとにする。

旅館のほうへ向かったのだろう。少しして、静かな廊下の奥から玄関のドアが閉まる音だけが聞こえた。

思った以上に割り切ってるなぁ。

彼からすると結婚といっても仕事の延長のようなものなのだろうか。

夫婦になる覚悟を決めて来ただけに拍子抜けしてしまった。

それに自室まで用意してくれてるとは思わなかった。

部屋を確認しようと私は再び二階に上がり、手前のドアを開ける。

そこは大きな窓とフローリングという、リビングと同じ雰囲気の部屋だった。

白いローテーブルやチェストなど、自宅から送った家具がバランスよく配置されている。ベッドはいらないかと思って送らなかったけど、ちゃんと用意してくれている。

しかも黒いフレームのアイアンベッドで、高級感があってかわいい。

部屋を数歩歩いて、レースのカーテンを開ける。

日本庭園が広がっていた一階とは違って、ここからは芦ノ湖がよく見える。

「綺麗な景色……」

一階の景色も素敵だったけど、これはこれで開放感にあふれている。

陽の光が湖の水面に反射するその景色は、これまで見てきた山ばかりの地元や、ビルに囲まれた東京とも違う。

今私がここにいることがなによりの証《あかし》なのに、結婚したという実感はない。

それは、先ほどの名護さんの言葉もあるかもしれない。

「あくまで他人……かぁ」

政略結婚とはいえ、形だけでも家族になれるかなって思っていたんだけれど。彼にその気持ちはないようだ。

でも今の私には、ここでどうにかやっていくしかない。

彼と夫婦になって、冬子さんたちにも『大丈夫だよ』『幸せだよ』って笑えるように。

「……よし、頑張ろ！」

冷たくされても、他人だなんて言われても、せっかく家族になるのなら楽しい家庭にしたいから。

そのためにまず私にできるのは、妻らしく、彼のために居心地のいい家をつくること。

もともと昔から、忙しい冬子さんたちの代わりに家事はやっていたし得意だ。

家のことはしなくていいって言われたって、やっちゃうもんね！

気合いを入れ直し、自分の部屋を出る。

そしてまずは掃除……と思い家の中を見るけれど、すでに仲居さんが掃除したあとなのか埃《ほこり》ひとつ落ちていない。洗濯物は二階のテラスに皺《しわ》ひとつなく綺麗に干されているし……ひと通りの家事は済んでしまっているようだ。

なら料理！　好きにしていいって名護さんも言っていたし、まずは練習がてら自分のお昼ごはんでも作ろうかな。

そう考え、キッチンに行き、背の高い冷蔵庫を開けた。

「あら、奥様もういらしてたんですね！」

そのタイミングで背後から声をかけられ振り向くと、そこには深緑色の着物を着た中年女性が立っている。その格好から、彼女がハウスキーパー担当の仲居さんなのだろうと察した。

「初めまして！　わたくし、仲居兼副社長のお宅のハウスキーパーを務めております増田《ますだ》と申します」

髪をひとつに束ねお団子にした、ややふくよかな増田さんは、ふっくらとした頬を持ち上げ笑う。明るい声とにこやかな表情から人のよさそうな雰囲気が伝わってくる。

「あっ、初めまして。杉田春生と申します！」

「あらやだ、もうご結婚されたんでしょう？　じゃあ名護春生さんじゃないですか」

冷蔵庫も開けたまま深々とお辞儀をする私に、増田さんはおかしそうに笑ってキッチンへ入った。

言われてみればたしかに……。慣れないせいで、まだ無意識に杉田と名乗ってしまう。

「ご自宅のことは、わたくしをはじめ三人の仲居で毎日交代で行っておりますので、なんでもお申し付けくださいね」

にっこりと笑って言った増田さんに、私は「よろしくお願いします」と小さくお辞儀をした。

「ところでお台所でなにを？」

「ちょっとお昼ごはんでも作ろうかなと」

正直に答えた私に、増田さんはそれまでにこにことしていた顔を途端に曇らせる。

「お料理を⁉　わたくしがいたします！　奥様はあちらでゆっくりしていてください！」

そして私の背中をぐいぐいと押して、あっという間にキッチンから追い出した。

「いえ、私はすることもないですすし家のことは自分で……」

「ダメです！　副社長からも、『彼女にはなにもさせないように』と言われておりますので！」

名護さん、余計なことを……！

増田さんは私を半ば力ずくでソファに座らせると、せかせかとキッチンへ戻り食事の支度を始める。

これじゃあ本当になにもできない……！　どうしたらいいのやら。

それから私は、ぼんやりと外を眺めたりテレビを見たりして一日を過ごした。

一方で増田さんは昼食を作り終えてから、洗濯物を片付け、アイロンがけをし……日が暮れた頃には夕食まで作ってくれた。

リビング隣の六人がけのダイニングテーブルには、私のために用意された夕食が並ぶ。

炊きたてのごはんに、あさりのお味噌汁《みそしる》。ふっくらとしたカレイの煮付けにきんぴらごぼう、かぶの葉の胡麻《ごま》和え……まるでお店のような完璧なメニューだ。

「あの、名護さんはまだお仕事ですか？」

「なにもなければもうすぐ戻られると思いますよ。今日は会食も打ち合わせもないみたいですし」

増田さんは私の向かいの席に名護さんの分の食事を並べると、ひとつひとつ丁寧にラップを張る。

「では私はこれで失礼いたしますね。お食事後、食器はシンクに置いておいてください。明日、わたくしが片付けますので！」

勝手にやらないように、と念押しして増田さんは帰っていった。

そうは言ってもさすがに食器くらいは自分で洗おう……。

ひとり残ったダイニングで食事を始めようと箸を手にした。

するとそのとき、玄関でドアが開く音がした。

ちょうど名護さんも帰ってきたみたいだ。タイミングもいいし、せっかくだし一緒にごはんにしよう。

そう思い玄関まで向かうと、脱いだ靴を几帳面に揃える名護さんの姿がある。

「おかえりなさい。増田さんがごはんを用意していってくれたので、よかったら一緒に食べませんか？」

「あとで勝手に食べる。気にせずひとりで済ませてくれ」

勇気を出して食事に誘う。ところが彼は、こちらをチラリと見てそう言うだけで、『ただいま』のひとつすらなく二階へ上がっていってしまう。

あ……そう、ですか。

いや、それならひとりで食べるけどさ。

ダイニングに戻った私は、リビングからテレビの音だけが聞こえる中、ひとり夕食を食べ始める。

すごいな、増田さんのごはんプロ並みに美味しい。

美味しいんだ……けど。

こんな広い家でひとりで食べるごはんは、味気ない。

先ほどの名護さんの態度からわかった。夫婦としての生活を強制しないだけじゃなく、挨拶や食事といったコミュニケーションすらとる気がないということ。

……本当に、形だけなんだ。

親に言われたから籍を入れて、同じ家に住むだけ。それ以上の関係は、私には求めていない。

さすがに、ちょっとヘコむかも。

……こんなんで、これから先の生活大丈夫なのかな。

美味しいごはんを目の前に、口からは「はぁ」と深いため息がこぼれた。


それから翌日もその翌日も、家には増田さんやほかの仲居さんたちが来て、家事をすべて行った。

そのため私は朝から晩までですることもなくただぼんやりするだけの日が続く。

名護さんは朝早くに家を出て、夜に戻ってからも、時々深夜にまた仕事に出たりもしている。副社長とはいえ、旅館の責任者となると不規則になってしまうみたいだ。

そんな彼とは会話もできない、それどころか顔を合わせることもなく……。

「もう限界……暇ーーー!!!」

この家に来てから五日後の午後。自室の窓からよく晴れた空に向かって叫ぶと、木々に止まっていた鳥がバサバサーッ！と飛び立っていった。

さすがにもう無理、限界！　毎日毎日暇すぎる！

昔から家のことは自分でしていたし、学生時代はバイト代わりに旅館を手伝っていた。就職してからは毎日忙《せわ》しなく働いていたし、こんなになにもせず毎日過ごしたことがない。そのせいか、することがなさすぎてつらい。

遊びに行こうにも友達もいないし、駅まで行こうにも車が必要だ。

私が下手に動こうとすると、仲居さんや名護さんの部下らしき人たちが来てしまうし……。

「どうしたらいいの……」

ため息をつきながら、とりあえず一階に下りる。

リビングでまたテレビでも見るか、なんて考えながら部屋に入ると、ソファに座る名護さんの後ろ姿が見えた。

あれ、名護さん？　この時間は仕事じゃないのかな？

不思議に思いながら近づくと、ソファに座った形のまま彼は睫毛《まつげ》を伏せて眠っていた。

寝てる……。

昨夜は帰宅した様子もなかったし、もしかしたらさっき戻ってきたのかも。トラブルかなにかで夜通し仕事だったのかな。

副社長って忙しいんだなぁ。

テーブルの上には開いたままのノートパソコンがあることから、ここでも仕事をしていたのだろう。

そんな生活じゃ疲れちゃうし、うたた寝もするよね。

そっと近づきながら、その寝顔をまじまじと見つめてしまう。

綺麗な寝顔……。

眠っているにもかかわらず脱力しきっていない、まるで人形のような顔立ちだ。

はっ、このままじゃ風邪ひいちゃう。せめて毛布を持ってきてあげよう。

そう思い、自分の部屋から毛布を取ってきて、リビングへ戻る。そして名護さんにかけてあげようとした、そのとき。彼の足元になにかが落ちていることに気づいた。

あれ、なんだろ……。

毛布を一度置いて、屈んで手に取る。

それはガラス玉がついたストラップだった。

ガラス玉には花の絵柄が描かれ、ストラップ部分と下についたタッセルはピンク色という、とても女の子らしいものだ。ところどころ黒く汚れ、年季が入っていることがうかがえる。

かわいいストラップ。名護さんのかな？　でもそれにしてはずいぶん女の子っぽい気がする。それに、どこかで見たことがあるような……。

手のひらにそれをのせて考えていると、目の前の名護さんがふと目を覚ました。

「あ、すみません。起こしちゃいました？」

「……いや、大丈夫だ。少し寝てたか」

無意識に寝落ちしてしまったのだろう。名護さんは少し眠そうに目元を揉《も》んでから、私の手元を見てはっとする。

その視線でストラップのことだと察した私は、笑いながら彼に差し出そうとした。

「落ちてましたけど、これ名護さんのですか？　かわいいですね……」

「触るな‼」

ところがその瞬間、彼は大きな声とともに私の手からストラップを奪った。

これまで落ち着いた姿ばかりを見せていた彼の、突然の大きな声に、驚き固まってしまう。

そんな私を見て、彼もふと我に返ったようだった。

「あ……悪い、今のは」

すぐにこれまで通りの落ち着いた声に戻る。

けれどそんな反応をされて、さすがに私だって笑って流せない。

なに今の言い方。そこまで拒むことないじゃない。私には自分の物ひとつ触られたくないということ？

夫婦といっても他人扱いで、コミュニケーションもとりたくない、挙句に『触るな』なんて……。

ついに私も、胸の奥でブチンとなにかが切れた。

「そこまで嫌がらなくてもいいじゃないですか……！」

気持ちは昂《たかぶ》り、私は勢いそのままに家を飛び出した。

「あっ……おい‼」

呼び止めるような声が聞こえるけれど、それに振り向くことも足を止めることもしない。

さすがに今のは、どんなにポジティブな私でも傷つく。

たしかに、お互い相手を好きで結婚したわけじゃない。紙一枚でつながれた、他人同然の関係だ。

でも、そんな相手とでも家族になろうと思うのはいけないの？

少しくらい歩み寄ってくれてもいいじゃない。嫌がって拒まなくたっていいじゃない。

どうしてこんなに、うまくいかないんだろう。

私はただ、ただ——。

「はっ！　ってここどこ⁉」

家を飛び出ししばらく走り、気づけば私は森の中にいた。

思えばあの家に来てからまともに外に出たのは初めてだ。周りを見ても木々しかないし、自分が今どの辺りにいるのかもわからない。見当すらつかない。

どうしよう、そうだ地図アプリで……ってスマホは家だ！　なにも考えず飛び出しちゃったから！

どうしよう、完全に迷った……！

ひとりオロオロと右往左往していると、道のくぼみに足をとられ、私は思い切りその場に転んだ。

「いったぁー……」

地面に顔と足を勢いよくぶつけ、伏せた体勢のまま痛みにしばらく動けない。

ひとりで飛び出して迷子になって転んで……。

私、なにしてるんだろ。

名護さん、今頃呆れてるかな……。

いや、私がこんな生活はもう嫌だと怒ったところで、彼はなんとも思わないかもしれない。

……それならまだマシで、名護さんが『じゃあ離婚しよう』なんて言い出したら、杉田屋の買収話もなくなる可能性がある。

せっかく冬子さんたちも安心していたのに……私のせいで。

それだけは、嫌だなぁ。

「……せっかく、チャンスがきたのに」

ぼそ、と呟くと、悲しくて悔しくて目に涙が滲《にじ》んだ、そのときだった。

「春生‼」

この声は……。

呼ばれた名前に顔を上げると、目の前には駆けつけてきた名護さんの姿があった。

どうして、名護さんが……？

驚きのあまり先ほど滲んだ涙も引っ込んでしまう。

「名護さん……？　なんで……」

「うちからは旅館に向かう道か、こっちの山に入る道しかないからな。念のため、こっちを先に見に来て正解だった」

そう言いながら、彼は私の前に膝をつく。そして地面に伏せたままだった私の体を起こし、手や顔の泥を拭った。

急いで追ってきたのだろう、少し息が上がり、髪も乱れている。

ただでさえ疲れているだろう体で、すぐ追いかけてきてくれた。そのまま放っておくこともできたはずなのに……どうして。

不思議に思いながらも、私の手のひらについた土を軽くはたいてくれるその指先に触れて安心した。

その拍子に涙腺《るいせん》が緩んでしまい、目からはポロポロと涙がこぼれた。

「なんで追いかけてきたんですか……あんなに嫌がってたくせにー！」

地べたに座ったまま子供のようにわあああんと泣きだす私を見て、さすがの名護さんも驚き目を丸くする。

「な、泣くほどか⁉」

「溜まりに溜まってるものがあるんですー！」

これまでこらえてきたものを一気に爆発させるように泣き続ける。

目の前の名護さんは明らかに困った顔をしてみせてから、私の頭をポンポンと優しく撫《な》でた。

さっきは拒んだその手が、今はとても優しく、遠慮から張っていた気を緩めた。

「なんなんですか、この結婚生活！　名護さんはそっけないし、私はすることもないし、いつもごはんもひとりだし……」

結婚に憧れがあったわけじゃない。だけど、他人と他人のまま暮らすのはあまりにも寂しい。

「たしかに形だけの夫婦ですけど、それでもあなたと夫婦になるために覚悟決めて来てるんです！」

涙でぐしゃぐしゃな顔ではっきりと言い切った私に、名護さんは一瞬呆気にとられる。

また撥《は》ね除《の》けられたらどうしよう。胸には小さく不安がよぎる。けれどその気持ちは、涙を拭った彼の指先にすぐ消えた。

そして小さく開かれたその唇からこぼされた言葉は、

「……悪かった」

先ほどの拒むような態度とは違うものだった。

「さっきはただ……寝ぼけていて、驚いただけだ。春生のことを拒んだわけじゃないんだ」

いつもはあまり表情を変えない彼が、切なげに眉を下げる。

「そっけないのはもともとだが、これでも考えた結果だった。食事は俺の時間に合わせるのが申し訳ないし、家のことはしないほうがラクだろうと」

「え……？　それって」

「ただでさえ君にとっては不本意な結婚だ。夫婦らしさを押しつけ強要したくない」

それはつまり……ひとりでの食事は、彼の生活リズムに合わせて不規則にならないように？　家事をしなくていいと言ったのは私の手を煩《わずら》わせないため？

すべては自分の意思で結婚したわけではない私のために、彼なりに考えてくれた結果だったんだ。

不器用だけど、彼なりの思いを感じて、先ほどまでの虚しさや悲しさは一気に吹き飛んでしまった。

大丈夫かな、そう思うばかりの数日だった。だけど今、大丈夫かもしれないって思えてる。

その気持ちを伝えるように、私は彼の手を両手でぎゅっと握る。

「……政略結婚だろうと、結婚は結婚です。だから、妻として言わせてください」

しっかりと目と目を合わせて向き合う。太陽の光に輝くヘーゼルカラーの瞳に、私の顔が映り込んだ。

「私は家のことは自力でしたいですし、ごはんはなるべくふたりで食べたい。今は形だけでも、いつか本物になれるように……夫婦として暮らしていきたいです」

この結婚の始まりは、いわゆる〝普通〟とは違う。

恋を経ていない私たちの間に、愛はない。

だけど、この先も他人のままなんて寂しいから。

ここから夫婦になっていく。

「座右の銘は〝人生楽しんだもん勝ち〟ですから！」

出会ったあの日と同じことを自信満々で言った私に、名護さんはそれを思い出したのか、ふっとおかしそうに笑ってみせた。

「……そうだったな」

初めて見る、彼の目を細めた小さな笑顔。

それにつられるように、つい私も笑った。

そして名護さんは、私が膝を擦りむいていることに気づくと、お姫様だっこの形で私の体を持ち上げてみせた。

「わっ……な、名護さん！　歩けますよ！」

「怪我《けが》してるだろ。この辺は道も悪くて危ないから」

足をバタバタとさせるものの、下ろしてもらえず、私は諦め、大人しく彼に運ばれる。

シャツ越しに彼の腕のたくましさを感じながら、胸に小さなときめきを覚えた。

家を目指す道のり、ふたりの間に会話はない。

だけど、なにかが芽生えたことだけは感じられる。

まだ形だけ、他人同然の私たち。

でもこれから。彼と、本当の夫婦になっていけると信じている。

……ううん。なって、いかなきゃ。

この胸の奥にある黒いものを、前向きな気持ちで隠しながら。

鳴かぬ蛍が身を焦がす

――ピピピ……とスマートフォンのアラームが鳴り、目を覚ます。

ホーム画面に表示された時刻は朝五時を示していた。

あともう少しだけ寝ていたい、そんな気持ちを押しのけて、私は体を起こしベッドから降りた。

窓を開けると、目の前には夜明け直後の薄明るい空と、それを映す芦ノ湖が広がっている。入り込む肌寒い空気に、少しずつ目が冴《さ》えていく。

「うーん……気持ちいい朝」

その空気を吸い込んで、よし、と気合いを入れた。

名護家の朝は早い。けれど、朝からやることがあるのはいい。

爽やかなミントグリーンの薄手のニットワンピースに袖を通して、薄めに化粧をする。寝癖を直した髪を軽く束ねて、身支度を済ませた。

一日中ほとんど家にいるだけ、そうわかっていてもだらしない格好でいるのには抵抗があるからだ。

身なりを整え、一階に下りる。

しん、と静まり返った家の中、迷わずキッチンへ向かうと、私は朝食の支度を始めた。

名護さんは朝は和食派。少食なので、あまり量は作らず、なるべくあっさりしたものに。

「焼き鮭におひたし、ごはんも炊けたし……うん、お味噌汁の味もちょうどいい」

今日、名護さんはお昼に会食があるからお弁当はいらないって言ってたな。

そんなことを考えながら、ダイニングテーブルに名護さんのごはんやおかずを並べていく。

するとそこに、起きてきた名護さんが姿を見せた。

すでに身支度を終え、スリーピースのスーツに身を包んだ彼は、朝早くにもかかわらず眠気も見せずに涼やかな目をしている。

「あっ、おはようございます！」

そんな名護さんを大きな声で出迎えると、呆れたような感心するような、なんとも言えぬ顔でこちらを見た。

「……朝から元気だな」

「はいっ、元気と前向きが取り柄ですから！　ごはんできてますよ」

名護さんがダイニングテーブルに着くのを見て、私も向かい合うように自分の食事を並べて席に着く。

「いただきます」

「いただきまーす」

ふたりで手を合わせ、食事を始めた。

特別弾む会話があるわけでもない、朝の食卓。けれどこうしてふたりで朝食をとるだけでも、大きな変化だ。

名護さんに初めて本音をぶつけたあの日から一週間。

あれからこの家に増田さんやほかの仲居さんたちが家事をしに来ることはなく、家のことはすべて自分でするようになった。

料理はもちろん、掃除もするし洗濯もする。食事も彼と一緒にとることが増え、朝は毎日、夜も早く帰ってきた日はふたりで食べている。

チラッと見ると、目の前の名護さんは綺麗な箸づかいで黙々とおかずを口に運ぶ。

美味しいと言ったり褒めたりもしない、けれど毎日残さず食べてくれる。それがなによりの感想に思えて嬉しい。

それにしても、今日も朝から完璧に決まってるなぁ。

寝癖ひとつないセットされた髪に、綺麗な形の二重の目、きっちりと締められたネクタイ。

昨夜も帰りが遅かったにもかかわらず、眠気や疲れを微塵《みじん》も見せない名護さんはさすがだ。

彼はあっという間に食事を終えると、鞄《かばん》を手にリビングを出る。

私もそれについていくように、玄関まで見送った。

「忘れ物ないですか？　ハンカチや時計、スマホ持ちましたか？」

「持った。子供扱いするな」

「男はいくつになっても子供だって冬子さんが言ってました！」

冬子さんがよくおじさんやお兄ちゃんに言っていたことを思い出す。

すると名護さんはなにか言いたげに私の顔をじっと見る。

「子供はどっちだろうな」

「へ？」

そう言いながら、彼はこちらに手を伸ばし、長い指で私の唇の端をそっと撫でた。

不意打ちで触れられてドキ、とするけれど、よく見てみるとその指先には海苔《のり》がついている。

……さっきごはんにかけたふりかけのかすだ。

口の端についていたんだ、と気づいて恥ずかしさに顔が熱くなる。

そんな私を見て、名護さんは笑いをこらえるように口元を隠しながら玄関の戸を開けた。

「あっ、名護さん！　いってらっしゃい！」

顔はまだ熱いまま、だけど言い忘れてしまわぬように声をかける。

それに対して彼から返ってくる言葉は、

「……あぁ」

そのひと言と、小さな頷きだけ。

だけど、その反応が拒否ではないことは感じられる。

名護さんはいきなり距離を縮められるタイプではなさそうだし……少しずつ、こうやって接していければいっか。一日中まともに顔も合わせなかった一週間前までと比べれば、今のやりとりだって大きな進歩だ。

最初はどうなることかと思っていたけれど、名護さんもあの日以来少しは歩み寄ってくれている気がする。

「よーし、この調子で頑張る！」

家にひとりでいるにもかかわらず、大きなひとり言を発すると、私は朝食の食器を片付け始めた。

今日は天気もいいし、洗濯物干してシーツも洗って……そうだ、そろそろ外に買い物に出たいと思っていたんだよね。

この一週間、食材はネットスーパーなどの宅配で買っていた。というのも、この辺の立地もよくわからず、どう動いていいかもわからなかったから。

だけど少しずつでもこの辺りのことも知っていきたい。そのためにまずは、身近なスーパーの場所から！

でも、どこにあるんだろう。

一度旅館のほうへ行って、増田さんに聞いてみようかな。

旅館に顔を出すなら、チェックアウトとチェックインの間でお客さんが出入りしなさそうな時間……十二時くらいがいいよね。

うん、そうしよう。

心の中で決めると、私はまず家事を済ませることにした。

それから十二時を過ぎた頃、私は家を出た。

細い道をまっすぐ歩くと数分で旅館の裏に着く。

増田さん、どこにいるのかな。

この旅館に入るのもお見合いの日以来だ。どこになにがあるかもわからない。

仕事の邪魔にならないように、コソコソと旅館の敷地内を歩く。

すると従業員用の駐車場がある裏口付近に、三名ほどの仲居さんがいるのが見えた。

増田さん……ではないけれど、あの人たちに聞いてみようかな。

背後から近づいてみる。ところがほうきを手におしゃべりに夢中になっている彼女たちはこちらに気づく様子はない。

「さっき副社長と会ったんだけどさ、今日もかっこよかった～！『お疲れ』って言われただけなんだけど、超ときめく！」

聞こえてきた声から、彼女たちの話題が名護さんのことなのだと察した。

「副社長、無愛想なのに私たち仲居にもちゃんと声かけてくれるところがいいよね」

「クールなイケメンハーフで次期社長！　非の打ち所がないよね！　あー、あんな素敵な人と結婚したい！」

まるでアイドルの話をするかのように、キャーキャーとその場は盛り上がる。

名護さん、やっぱりモテるんだなぁ。

たしかに、毎日見ていても綺麗な顔してるなぁと思っちゃうもんね。

うんうんと納得してしまう。

「……まぁ、そんな副社長もいつの間にか既婚者になってたんだけどね……」

ところが、ひとりの仲居のそのひと言に、場の空気は一気に盛り上がりをなくす。

〝既婚者〟という響きに心臓がギクリと音を立て、今彼女たちの前に姿を現してはいけないと察した私はコソコソと柱の陰に身を隠した。

「結婚相手、裏の副社長宅にいるんでしょ？　どんな人か知ってる？」

「私は見たことないし、増田さんたちも教えてくれないけど……お見合いのときに見た人からは〝地味寄りの普通の女〟って聞いた」

「あの副社長の結婚相手がそんな女なんて！　認められなーい！」

ま、まずい……。今ここで私が出ていこうものなら、どうなるかわからない。

それにしても〝地味寄りの普通の女〟って……否定できないのが悲しい。

顔は派手なほうではないし、大人っぽさや色気もない。どちらかというと幼いし、背も低い。体は痩せて貧相だし……うう、悲しくなってきた。

「政略結婚って聞いたけどさ、どこかの旅館の娘ってだけで副社長と結婚できるなんて羨ましいよねぇ」

「ま、どうせすぐ離婚しちゃうでしょ。お互いのことよく知りもしない結婚なんて続かないって」

続かない……。そう、だよね。そう思われても仕方のないことだ。わかっているけれど、彼女たちが笑いながら発したその言葉たちがサクッと胸に刺さった。

このままいても出づらいし、今日は出直そうかな。

そう思い、来た方向へ体を向け直す。

ところが振り向いた先にはこちらへ向かって歩いてくる増田さんの姿があった。

「あら奥様！　こんにちは！」

「ま、増田さん……！」

『奥様』といつも通り明るく大きな声で言った増田さんに、まずい、と仲居さんたちのほうを振り向く。

こちらを見る彼女たちは、私の姿に顔を青くして絶句していた。

「ま……増田さん、奥様って、そちらの方……」

「そうよ、副社長の奥様！　ってどうしたの、みんな顔、真っ青じゃない」

青ざめ無言になる彼女たちと、気まずさから苦笑いになる私。

そんな私たちの表情と重い空気から、増田さんはなにがあったかを察した様子で話題を切り替える。

「ところで奥様どうされたんですか？　なにかありましたか？」

「えっと……たまにはお買い物に行きたいなと思って。近くにスーパーとかありますかね」

「近くといっても車やバスじゃないと行けない距離なんですよねぇ。あっ、じゃあ私が連れていってさしあげます！」

「いいんですか？」

「はい。備品の買い出しに行きたいと思ってたところですし！　さ、行きましょ！」

彼女は私の背中を押して歩き出す。

そして増田さんの愛車らしい白の軽自動車に乗せてもらい、ふたりで大きめのスーパーがあるという街へ向かった。

車で走る道中は、ひたすら山道だ。わかってはいたけど、やっぱり結構距離がある。

ここで生活していくなら車が必須かな。

免許は一応あるし、これまでの貯金をはたいて安めの車でも買おうか。

そんなことを考えながら、窓の外の景色を見つめる。

でも、さっきの彼女たちの話で実感したけど、やっぱりああいうふうに噂《うわさ》されているんだ。

『お互いのことよく知りもしない結婚なんて続かないって』

……そう言われてしまうと、たしかに。

結婚して半月近く一緒に生活していて、最初より空気はよくなったとはいえ、名護さんについてはわからないことばかりだ。

でも拒まれないだけマシかな、なんて思ってしまうのはハードル低すぎかな。

「さっきはごめんなさいね」

すると、静かな車内で突然、増田さんが呟く。

突然なんのことかと運転席のほうを向くと、増田さんはまっすぐ前を見たまま苦笑いをする。

「あの子たち、奥様がいらっしゃるの知らないでなにか言ってましたでしょう」

「え……はい、まぁ」

「やっぱり。変な空気だったからもしかしたらって思ったんです。悪い子たちではないんですけど。あとで注意しておきますから、気を悪くされないでくださいね」

「そんな、大丈夫です」

自分のせいで彼女たちが叱られると思うと心苦しくて、私は慌てて手を横に振る。

「……お互いのことよく知りもしない結婚なんて続かないって言われてたんですけど、たしかにそうかもって自分でも思うので」

少しヘコむ気持ちをごまかすように、あははと笑ってみせる。

あの言葉が胸に刺さるのは、自分でもその通りだって思えてしまうから。

まだほんの少し近づいただけ。互いをよく知らないままの私と彼の心はまだまだ遠い。

いつ終わってもおかしくない危うさの中に私たちはいる。

「そうですか？　わたくしはいいご夫婦だと思いますけど」

けれど、増田さんはそのひと言でこの気持ちの靄《もや》を払ってくれる。

「そう、ですか？」

「ええ。あの無愛想堅物副社長には奥様のような明るい方がよくお似合いです！」

無愛想堅物副社長……そのままますぎる呼び方に、思わず「ぷっ」と吹き出してしまう。

私の笑い声を聞いて、増田さんも笑顔をこぼす。

「それに副社長からお聞きしました。家事はもう手伝わなくていい、って」

「はっ！　すみません、決して増田さんたちを邪険にしていたわけではなくて……！」

「ふふ、わかってますよ。それにむしろ安心したんです」

安心？

その言葉の意味がわからずにいると、増田さんが続ける。

「副社長から『ふたりで暮らしを作っていきたいという妻の希望を聞いて、自分もそう思った』と言われて……この方にも誰かの意見に寄り添う、人らしいところがあったんだなって」

その言葉から察するに、いつもの名護さんはひとりで判断し誰かに頼ることはないのかもしれない。

若くして副社長という立場で、さらにあんな大きな旅館の責任者。どんなときも次期社長として期待を寄せられているのだろう。それらのプレッシャーの中、甘えず頼らずにいたのだと思う。

そんな彼が『自分もそう思った』と心を寄せてくれたことが、とても嬉しい。

「夫婦なんて何年経っても未熟で未完成なものです。だから、向き合って話し合ってたまに喧嘩《けんか》して、そうやって知っていけばいいんです。この広い世界で出会って、縁あって結ばれた家族なんですから」

笑顔のまま、増田さんが言ってくれたその言葉に、先ほど落ち込んだ心が一気に晴れるのを感じた。

そっか……そうだよね。心の距離があるのなら、少しずつ埋めていけばいい。周りの目や言葉なんて気にせずに。

ひとつひとつ、彼を知って自分を見せていけばいい。

「ありがとうございます。増田さんのおかげで、なんだかすっきりしました」

「ふふ、年の功ってやつです。お力になれたならなによりです」

それから私たちは、たくさん話をしながら街へ行き、スーパーで買い物をして帰路についた。

よく笑ってよく話す増田さんは、その雰囲気がどこか冬子さんに似ていて、久しぶりに楽しい時間を過ごすことができた。

そして帰宅して夕飯を作り……ちょうど出来上がった頃に名護さんが帰ってきた。

「おかえりなさい」

今日のメニューは筑前煮と茶碗蒸し。それと、たまにはお味噌汁ではなく、すまし汁にした。

味付け薄めにしてみたんだけど、どうかな……。

反応が気になり表情をうかがうけれど、名護さんはいつもと変わらぬ無表情のまま無言でおかずを口に運ぶ。

顔にも出ないから、美味しいのかそうじゃないのかも読めない……！

だけど増田さんも向き合って話し合うことが大切だと言っていたし、こういうときこそ聞いてみよう。

「名護さん、味付けどうですか？」

「あぁ、そうだな」

いや、返事になってない！

「好きな食べ物とかありますか？　よかったら今度作りますけど」

「いや、特には」

好きな食べ物もなし！

うう、聞いてみても結局答えは返ってこないなんて……！

心の中でがっくりしてしまう。

「……けど、これはうまいな」

名護さんはそう言いながら、筑前煮を食べる。

彼のそのひと言が嬉しくて、表情が明るくなるのが自分でもわかった。

「本当ですか⁉　じゃあ毎日作りますね！」

「それはいい」

そっか、こういうの好きなんだ。今日の味付け覚えておこう。

味付けの感想もなければ好きな食べ物もない。だけどたずねてみなかったらその言葉も聞けなかった。

よかった、とつい頬を緩めて笑う。

それを見て名護さんは、どうして笑っているのかがわからないといった顔で食事を続けた。


それから、夕食を終えたあとのこと。

「春生、ちょっと」

「はい？」

食器を片付けようとシンクに置いたところで、彼に呼ばれた。

なんだろうとついていくと、名護さんはそのまま二階へ上がり、奥の部屋へ私を導く。

「名護さん？　ここって……」

この部屋は、名護さんの書斎だ。

家の掃除をする際も、勝手に入っていいのかわからなくて、ことさらに奥にある彼の寝室は入れずにいたので中を見たことはない。

私の問いに答える前に、彼はドアを開け電気をつけた。

白い蛍光灯の明かりに照らされた室内には、大きな本棚がいくつも並び、たくさんの本が詰められている。

「わ、すごい本！　これ名護さんのですか？」

「いや、母親が集めていた本だ。置き場所がないからと、ここに置いていった」

名護さんのお母さんの本……。一冊手に取りめくると、その本は全文英語で綴《つづ》られている。

ほかの本もすべて背表紙に英語が並んでいることから、洋書であると気づいた。

「英語教師をしていたと言ってただろ。それなら読めるかと思ってな。よかったら暇つぶしにでも読んでくれ」

「いいんですか？」

「あぁ。母親には一応伝えたが、ぜひ読んでほしいと喜んでたぞ」

名護さんのお母さん、快諾してくれたんだ。……それも嬉しいけど、それ以上に嬉しく思うのは。

「私が英語教師だったこと、よく覚えてましたね」

「一番最初に春生が言ったことだろ。それくらい覚えてる」

彼は普通の顔で言うけれど、そういう些細《ささい》なことを覚えてくれていたのがなにより嬉しい。

口元が緩むのを隠しきれず笑いながら、ずらりと並ぶ本を見回す。

「前から思ってたんですけど、名護さんって日本語ペラペラですよね。お母様も日本語上手なんですか？」

「いや、母親はほぼ英語だ。だから俺も子供の頃は日本語があまり話せなかったが、両親が忙しくなって家を空けることが増えた頃から自然と日本語を覚えるようになったな」

家を空けることが……そういえば、ご両親は今も海外の新店準備に取りかかっているんだっけ。おふたりとも忙しい人だったんだ。

「ご両親ふたりで経営をしてるんですね」

「あぁ、父親の秘書として仕事を手伝ってる。だからふたりとも忙しくて、ハウスキーパーはいたけど家にはいつも俺ひとりだった」

家に、いつもひとり……。そうだったんだ。

その寂しさを思うと、胸が切なくなる。

「……だから見送られたり出迎えられたりすることに慣れていなくてな。いつも、自然に返事ができなくて悪い」

名護さんがぼそっと呟く。

彼に目を向けると、どこか気恥ずかしそうな表情で視線を逸らす。

それって……いつもの『あぁ』とか、短い返事のこと？　名護さんも、気にしていたんだ。悪い、だなんて……なにも悪いことなんてないのに。

だけど、思っている以上に彼は私のことを気に留めてくれている。

なにげない会話を覚えてくれていたり、自分の返事を気にしたりしてくれている。

そう思うと、私が考えているよりも心の距離は近づいているかもしれない。

顔を背けたままの名護さんの服の袖をくいっと引っ張ると、彼は不思議そうにこちらを見る。

「私、『いってらっしゃい』って言われるの好きなんです」

「え？」

「頑張っておいでって背中を押してもらえる気がして元気が出るから、だから家族には絶対言うんです」

『いってらっしゃい』で背中を押して、『おかえりなさい』で受け止める。

子供の頃、冬子さんたちがそうしてくれたように。自分も、家族にはそうしてあげたい。

「だから、これからも毎日言い続けますから。いつか名護さんにとっての当たり前になっちゃうくらい」

もう、この家にはあなたひとりじゃないよって。知っていてほしいから。

へへ、と笑って言った私に、名護さんは手を伸ばし頭をポンポンと撫でた。

いつもは冷ややかな目を細めてそっと微笑む。その表情は、これまで見た中で一番優しいものだ。

わかりづらい人、不器用な人。だけどきっと優しい人だと思う。

その穏やかな瞳が嬉しいと同時に、かすかな罪悪感が心の奥にチクリと刺さる。

「ところで、春生はいつまで俺を〝名護さん〟と呼ぶ気だ？　きみも、〝名護〟になったはずだが」

「え？」

その言葉にはっと気づく。言われてみればたしかに。名護さんって呼び名に慣れてしまっていたけど……夫婦なのに苗字で呼ぶのもおかしいよね。

改めて名前で呼ぶのもちょっと恥ずかしい、けど……。

目の前の彼は、じっとこちらを見つめて待つ。

その眼差しに応えるように、私は小さく口を開いた。

「き……清貴、さん」

初めて声に出した名前が、甘く響く。

それを耳にして彼はまた嬉しそうに微笑んだ。

その笑顔がかわいくて、胸をくすぐる。

なにげないやりとりを気に留めてくれていたこと。

頭を撫でる手が優しいこと。

名前ひとつでそんなふうに笑ってくれること。

こうしてあなたのことを、ひとつひとつ、知っていくんだ。

落花流水の情

断る権利のない、政略結婚だったはず。

恋愛感情はないけれど、いつか本当の夫婦になれたらと思っている。

だけどどうしてか、彼の笑顔が消えない。

胸の奥、何度でも浮かんでくるんだ。


「……ふぅ」

ある日の夜。

清貴さんの帰りを待つ私は、リビングのソファに座り、本を閉じた。

全文英語で綴られた小説を一冊まるまる読み終えた達成感の中、その作品のキラキラとした世界観に恍惚《こうこつ》としてしまう。

この本もおもしろくてあっという間に読み終わってしまった。

書斎にある本は、私の好きな恋愛小説ばかり。全文英語ということもあって時間がかかりながらも何冊かを読んだけれど、どれもおもしろい。

なにより清貴さんのお母さんのセンスが最高……！　読むことを快諾してくれたというお母さんに感謝だ。いつか感想を語り合いたい……。

本をテーブルに置いたタイミングで、玄関のほうから戸が開く音が聞こえた。

あ、清貴さんが帰ってきた。

今日も夕ごはんの支度はバッチリだ。待ってました、と玄関まで出迎えた。

「おかえりなさい」

笑顔で声をかけると、脱いだ靴を揃えながら清貴さんはこちらへ目を向ける。

「……ただいま」

ぼそっとした言い方だけれど、応えてくれる。それが嬉しくて顔を緩めると、彼は軽く私の頭を撫でた。

清貴さん、よく頭撫でてくれるなぁ。歳も離れているし、子供扱いされているのかも。

そう思いながらもその優しい手が嬉しい。

「今日は少し遅かったですね。忙しかったですか？」

「来客の対応をしていて仕事が押したんだ。遅くなって悪かったな」

「いえ、今日もお疲れ様です！」

リビングに入りながらそんななにげない会話をしていると、ふと違和感を覚えた。

あれ……清貴さん、なんとなく声が変な気がする。

ちょっと掠《かす》れてる？　風邪かな。

「声がちょっと変ですけど、風邪ひいちゃいました？　具合悪くないですか？」

「そうか？　いつもと変わらないと思うけど」

そう言いながら、清貴さんはこちらに顔を近づけて私の額に額を合わせた。

「ほら。熱ないだろ」

不意打ちで顔が近づいて、ドキッと心臓が跳《は》ねる。

い、いきなり近づくなんて！

思わぬ彼の行動に驚くより先に、恥ずかしさから頬がぽっと熱くなった。

「むしろ春生のほうが熱い気がするけど大丈夫か？」

「は、はい大丈夫です……！」

たしかに、私のほうが熱いかも……！

私は慌てて離れると、熱い頬を手であおいで冷ましながらキッチンへ向かった。

び、びっくりした……。いきなり顔なんて近づけるから。熱くもなっちゃうよ。

でも清貴さんは普通の顔してたし、慣れてるんだろうなぁ。

思えば私、もともと恋愛経験が多くはないし、異性に慣れてるわけでもない。夫婦になることが目的だったとはいえ、よくこれで結婚なんてできたなぁとは自分でも思う。

けど近づいて動揺してしまったり、熱くなったりするのは……彼を異性として意識し始めているから？

そんな自分の気持ちの変化に戸惑っていた。

……ところが。

そんなドキドキの夜からひと晩明けた翌朝。

私がいつも通り朝食を作っていると、起きてきた清貴さんの様子がなんだかおかしい。

「おはようございます、清貴さん」

「……春生。おはよう」

挨拶を返してくれるのはいいけれど……私にではなく、柱に向かって声をかけている。

席に着こうとして思い切りダイニングテーブルにぶつかっているし、さらにはお豆腐にかける醤油をごはんにかけている。

「わっ清貴さん⁉　ごはんに醤油ですか⁉」

「……間違えた。まぁ食べられなくもないだろ」

「いやいや、絶対しょっぱいですって！」

醤油でビチャビチャになったごはんをそのまま食べようとする彼から、私はお茶碗を取り上げて、新しくよそい直してから渡した。

いつもの清貴さんならこんなうっかりなんてしないのに。なんか変だ。……まさか。

「ちょっと失礼します！」

はっとして、彼の額に手を当てる。触れた肌は予想通り、じわりと熱い。

「やっぱり……熱ありますね⁉」

「ない」

たずねるけれど、清貴さんは迷わず否定する。

まっすぐな目で言われたって額は熱い。

「ある！」

「ないって言ってるだろ」

「あるったらあります！　ないって言うなら熱測ってください」

認めない清貴さんに、私はリビングのチェストから体温計を取り出し、ずいっと目の前に差し出す。

けれど彼は受け取らず、バツが悪そうに席を立った。

「大したことじゃない。これくらい平気だ」

「でもっ……」

けれどやはり調子が悪くうまく力が入らないようで、よろけて転倒してしまう。

「キャー！　大丈夫ですか⁉」

「大丈夫だから、大声を出すな……」

これ以上歩かせるのは危険だ。とりあえず部屋に連れていこう……！

そう判断し、私は清貴さんの体を支えて立たせる。

自分より頭ひとつ以上背の高い彼を半ば引きずるようにしながら二階へ上がり奥の寝室へと入った。

大きなベッドとサイドテーブルが置かれた彼の寝室。私の部屋より少し広いだろうか、まじまじと見る余裕もなく、彼の体をベッドに下ろす。

そしてスーツのジャケットを脱がせて体温を測ると、表示されたのは三十九度二分という高い数字だった。

「やっぱり熱出てる……今日はお休みしましょう。旅館には私から伝えておきますから」

「……今日は本社で打ち合わせがあるから休むわけにはいかない」

「そんな体で打ち合わせしても頭に入りませんよ。はい、いいから寝る！」

めずらしく私のほうが主導権を握り、清貴さんを言い負かす。

寝間着を用意して、着替えてもらっている間にリビングの戸棚を探し回り、冷却シートや薬を見つけた。

薬を飲ませたら額に冷却シートを貼って、室内も加湿して……ひと通りのことを済ませると、あとはしっかり寝るようにと強く言い聞かせ、私は部屋をあとにした。

やっぱり、昨日の違和感は当たっていた。言わないだけで昨日も風邪っぽかったのかな。もっとちゃんと聞いて、昨日から対策してあげればよかったかも。

それにしても、あの意地の張り方……熱が出ても学校に行きたがる子供のようだ。いつもしっかりしている彼の頑固な一面に苦笑いしつつ、私はとりあえず旅館へと向かった。

そして増田さんを見つけて、清貴さんが熱を出して寝込んでいることを伝えると、心配した彼女は「あとのことはこちらで済ませるので副社長をお願いします」と言ってくれた。

その言葉にお礼を言って家に戻り、清貴さんの様子を見ながら家のことをして……。

十五時になろうという頃、私は再度清貴さんの部屋を訪ねた。

「清貴さん、体調はどうですか」

小さな声でたずねながら戸を開けると、ベッドの上の彼はまだすやすやと眠っている。

熱はもう上がりきったようだ。汗もかいたみたいだし、この調子なら明日には下がるかもしれない。よかった。

安堵しながら、ぬるくなった額の冷却シートをはがして、新しいものと交換した。

長い睫毛を伏せた寝顔。こんなときでも綺麗な顔してる……。

つい目を奪われてしまいながら、改めて室内を見回す。

そういえば私、清貴さんの寝室って初めて入ったかも。掃除は自分でするると言うし、プライベートな空間にはまだ立ち入ってはいけない気がして入れずにいた。

室内は彼が今眠るベッドと、少し大きめのサイドテーブル。窓際に背の高い観葉植物が置かれただけのシンプルな部屋だ。

サイドテーブルの上にはノートパソコンや書類、ファイルが積まれ、昨夜も寝る前まで仕事をしていたのであろうと察した。いつもだったらきっと綺麗に整頓しているのだろうけれど、今朝の彼にそこまでの余裕がなかったことがうかがえる。

サイドテーブルの端には黒縁のメガネがある。かけてるのは見たことないけど、時々かけるのかな。その姿を想像するとよく似合っていて、かっこいい人はなにを身につけてもかっこいいのだと実感した。

メガネの横にあるピンク色のストラップが目に入る。

これ……以前拾って清貴さんに怒鳴られたことがあったっけ。あのときはただ驚いただけって言っていたけど。

あの出来事を思い出しながら、恐る恐るストラップを手に取る。

うーん……やっぱり女の子っぽい。

花の絵柄のガラス玉といい、清貴さんが自分で選ぶとは思えないピンク色といい、これを彼が持っている姿がなんともミスマッチだ。

この前も思ったけど、私もどこかで見た気がするんだよね。

よくあるお土産かなにかなのかな。

「ん……」

うーんと考え込んでいると、背後から聞こえた声に、慌ててストラップをサイドテーブルに戻す。

振り向くと清貴さんが目を覚ましたようで、横になったまま気だるげに目元をこすっている。

「あ、起きました？　体調どうですか？」

「朝よりは大分マシだな……」

「よかった。飲み物ありますから、水分とってください」

スポーツドリンクのペットボトルを手渡すと、清貴さんは素直にそれを受け取り、ひと口飲んだ。

たしかに顔色もだいぶいい。回復してきている様子だ。

「お昼ごはんまだでしたし、なにか作りましょうか。お粥《かゆ》で大丈夫ですか？」

「いや、それよりうつしたら悪いから極力部屋には来なくていい」

「あっ、それならいっそうつしてください！　そしたら清貴さんもよくなるかもしれませんし！」

名案！とばかりに言ってみせる私に、清貴さんはまだ少しうつろな目を呆れたように細める。

そんな視線を向けられても私は気にせず、汗で濡れた彼の髪をタオルで軽く拭う。

「風邪は万病のもとって言いますし、しっかり治さないと。清貴さんが死んじゃったら大変です」

私は結構本気で言ったのだけれど、その言葉に彼はふっと笑う。

「……大袈裟だな」

「大袈裟じゃないです！　本当に風邪はバカにできないんですから！」

「はいはい、わかった」

呆れたように笑って、私の頭を撫でる。その手は熱く、彼の体温の高さを感じた。

「そうだ、なにかほしいものとかありますか？　アイスとかフルーツとか、風邪ひいたときはコレっていうもの」

「いや、特には」

「そうなんですか。ちなみに私は、風邪ひいたときに冬子さんが作ってくれる生姜《しょうが》が入った卵粥が大好きで！　たっぷり卵が入ってて絶品なんです」

思い出すのは、熱を出して苦しいときに、そばにいてくれた冬子さんの姿。

旅館の仕事で忙しいはずなのに、まめに様子を見に来てくれて、心細さを紛らわせてくれた。

食欲がないと言った私が食べやすいようにと、たくさんの卵を使ったお粥を作ってくれた。

いつしかそれは私にとって、風邪をひいたときの定番メニューになり、大人になった今でも一番色濃く残る母の味だ。

その話に清貴さんは少し考えるけれど、やはり首を横に振る。

「俺にはないな。……熱を出して寝込んでも家にひとりになって心細いだけだったから、無理してでも学校に行きたかった」

そういえば、ご両親が忙しくてあまり家にいなかったって言っていたっけ……。

苦しくても寂しくても、広い家にひとり。それはどんなに孤独だろう。

幼い彼の寂しさや、無理して学校へ行こうとするつらさを想像すると、胸がぎゅっと掴《つか》まれた。

そして自然と手は動いて、私は清貴さんの頭をよしよしと撫でた。

「そうやってひとりで、頑張っていたんですね」

今朝の清貴さんの意地っ張りの理由が、わかった気がする。

甘えることなく、ずっと平気なふりをしていたのだろう。

寂しさが身にしみないように、孤独に負けてしまわぬように。

いつも、ひとりで。

「でも大丈夫、今は私がそばにいます。だから強がらないで、無理をしないでいいんです」

なんの力にもなれないかもしれない。だけど、寄り添うことはできるから。

あなたが寂しいと思うとき、弱くなりたいとき、隣にいる。

笑って言った私に、清貴さんは少し驚いた顔を見せてからつられたように微笑む。

「……嫌と言ってもか？」

「嫌と言ってもです！」

かわいくないことを言いながらも、その柔らかな表情からどこか嬉しそうな様子は伝わってくる。

すると清貴さんは、頭を撫でていた私の手を掴み、下ろさせる。そして自然な動作で自分の口元まで運ぶと、そっと手のひらにキスをした。

まるで私の手を愛《め》でるような口づけ。

手のひらに触れる唇の感触に、胸がトクンと揺れた。

「……俺も食べてみたいな」

私の手を掴んだまま、清貴さんがぼそりと小声で呟く。

「え？」

「卵粥、絶品なんだろ？」

それは、冬子さんの卵粥のこと……。

私の好きな味を知ろうとしてくれる、そんな彼の言葉に私は強く頷く。

「はいっ、すぐ作りますね！」

そして部屋をあとにし、ひとり廊下に出ると、先ほど彼が触れた手をぎゅっと握った。

……なんだか、熱い。

唇が、手のひらに触れた感触が消えない。

だんだんと熱を増して、刻まれていくようだった。

恋と願いはよくせよ

いつの間にか六月になり、数日続いた雨があがった日の朝。

いつも通り早くに起きた私は、朝ごはんを作り終えてからお弁当作りに勤《いそ》しんでいた。

黒いお弁当箱に、だし巻き玉子やアスパラガスのベーコン巻きなど彩りのいいおかずを詰め込んでいく。

「おはよう、春生」

「清貴さん。おはようございます」

起きてきた清貴さんは、いつも通り。スリーピースのスーツを着て髪を整え、ネクタイもきっちりと締めている。

顔色も健康的で、咳のひとつも出ていない。

「風邪、すっかり治りましたね」

「あぁ。迷惑かけたな」

清貴さんが熱を出して寝込んでから数日。高熱は翌日には下がったけれど、微熱や咳が続いたりして、なかなか治りきらなかった。

けれどその様子からもうすっかり大丈夫なようで、安堵する私を横目に彼はダイニングの席に着いた。

「清貴さんが元気になるように愛と念を込めて、お弁当のごはんにハート描いておきましたからね！」

「それはやめてくれ」

お弁当箱に詰めたごはんにおかかでハートを描いたものを見せる私に、清貴さんは心底嫌そうに顔を歪《ゆが》めた。

こんなときばかり表情に出さなくても。

ぶーとふてくされ、ハートを隠すように上に海苔をのせていると、清貴さんは朝食を食べ始めながら言う。

「そういえば、明日なにか予定あるか？」

「予定ですか？　えっと、掃除して洗濯して……あっ、お天気がよかったら草取りもしようかなって思ってます」

「そうか。じゃあそれは明後日に回してくれ」

明後日に？

出来上がったお弁当を包みながら、意味がわからず首を傾げると、清貴さんは答えてくれる。

「明日休みなんだ。だから、どこか出かけよう」

「えっ、いいんですか？　せっかくのお休みなのに……疲れてませんか？」

「大丈夫。それに、散々看病してもらった礼がしたい」

そんな……お礼なんていいのに。

だけど清貴さんからそう言ってもらえるとは思わず、嬉しくて顔が緩む。

「じゃあお言葉に甘えて。明日はデートしましょうね！」

「行きたいところ考えておいてくれ。どこへでも連れていくから」

どこへでも……。清貴さんなら、本気でどこへでも連れていってくれそうだ。

結婚してから彼はまともに休みをとっていない。それなのに、その少ない休日を私のために費やしてくれる、彼の気持ちが嬉しかった。

最初の頃が嘘《うそ》のように、彼の優しさや穏やかさを知ってばかりだ。

明日、晴れるといいな。

そう願って、お弁当箱の包みの口をきゅっと結んだ。

翌日。その願いが届いたのか、朝からからっと晴れたいい天気になった。

お気に入りの花柄のフレアスカートに、白い薄手のニット。ストラップがついたシルバーのパンプスという格好に身を包んだ私は、停められた車の助手席から降りた。

「うーん、いい天気ですね」

笑って運転席を見れば、清貴さんが降りてくる。

そんな私たちの目の前には赤く大きな鳥居がそびえている。

清貴さんとふたりやってきたのは、家から車で十数分ほどのところにある箱根神社だ。

平日にもかかわらず多くの観光客でにぎわう中、私たちは並んで歩き出す。

「こんな近場でよかったのか？　もっと遠出してもいいいんだぞ」

「はいっ、思えばこっちに来てから箱根をゆっくり見てなかったので。せっかくなら、もっとこの街のことを知りたいなって思って」

そう、箱根といえば言わずと知れた有名観光地だ。にもかかわらず、ここに来てから私はほとんど家と旅館の範囲でしか行動していない。

なので今回は、まずはこの箱根という街を回ることにしようと決めたのだった。

芦ノ湖を横目に、神社の入り口を目指して坂道を上る。

私の一歩前を行く清貴さんは、黒のテーラードジャケットに白い丸首シャツ、ライトグレーのテーパードパンツという私服姿。

普段スーツか寝間着姿ばかり見ているせいか、なんだか新鮮だ。

いつもは上げている髪を下ろしていることもあってか、少し若く見える気がする。

それにしても私服姿もキマってるなぁ……。

背筋がピンと伸びており、足もすらりと長い。人混みの中でも目を惹くようなオーラを放っている。

現に、周囲の人は彼に自然と視線を向けている。

「わぁ」と聞こえるざわめきも清貴さんは慣れているのか聞こえていないのか、気に留めることなくスタスタと歩いていく。

そうだよね。毎日見ている私でもやっぱりかっこいいと思うのだから、周囲の人がざわめくのも当然だ。

「わ、あの人かっこいい。芸能人かなにかかな」

「背も高い。顔も小さいね」

それは後ろを歩く女性たちも同じようで、ひそひそとした声で話している。

「あーあ、でも彼女連れだ。残念」

「彼女？　それにしては釣り合ってないし、妹でしょ」

そのストレートな言葉がグサリと刺さった。

そうだよね……ましてや妻とは思わないだろう。見た目も中身も平凡な私では不釣り合いなのはわかってるけどさ。

周りの声に隣を歩くのも気が引けてしまい、私は清貴さんの二、三歩後ろを歩いた。するると彼はふとこちらへ目を留め、歩く足を止めた。

「悪い、歩くの速かったか」

「えっ、いいえ、そういうわけじゃないんですけど……」

私が清貴さんのペースについていけないと思ったのか、申し訳なさそうに言いながら彼は私へ手を差し出した。

「ペース合わせるから、速かったら言ってくれ」

そういうわけじゃ、ないんだけど……。

でも、こうして私が遅れそうになると、合わせようとしてくれる。その優しさが、『隣にいていい』と言ってくれている気がした。

彼の手をそっと取ると、その長い指がぎゅっと私の指を包んだ。あたたかな気温の中、少し冷たい清貴さんの体温を感じて、胸がドキ、と音を立てる。

坂道を上ったところに、箱根神社はあった。

境内《けいだい》に入り、観光客に紛れながら拝殿にお参りをした。

二礼二拍手をして、手を合わせたままそっと目を閉じる。

胸の中でささやく願い事は、一番は冬子さんをはじめ大切な家族の健康。

それと、杉田屋が繁盛しますように。

……あと。

目を開けてチラリと隣へ視線を向けると、同じように目を閉じ手を合わせ、なにかを祈る清貴さんの横顔がある。

……清貴さんに、もっと近づけますように。

彼のことをもっと知りたい。私のことを知ってほしい。

彼が自然と頼り甘えられるような、そんな存在になれますように。

……こんな願い事が自然と浮かぶなんて思わなかった。

私にとって大切なものは、冬子さんたちのことばかりだと思っていたのに。

今はこんなにも、彼の存在が胸を占める。

それから神社の周辺を散策した私たちは、車で町へ出てランチを済ませると、有名なガラスの美術館や水族館を回り、のんびりと一日を過ごした。

あっという間に夜になり、芦ノ湖のほうへ戻ってくると、「最後にこれに乗ろう」という清貴さんの提案で遊覧船に乗ることにした。

もう辺りは暗く、昼間と打って変わって観光客もいない。そんな中で、湖面に浮かぶ大きな遊覧船だけがライトアップされて煌々《こうこう》と輝いていた。

「わぁ、大きな船」

係員に誘導され、二階建ての船内へと入る。デッキに向かうべく一階の船内を通るけれど、船内には私たち以外に人の姿は見えない。

「ほかのお客さんもいないなんて、まるで貸し切りみたいですね」

「みたい、というか貸し切りだ」

「え!?　貸し切り!?」

予想外の答えに驚き清貴さんを見るけれど、彼は冗談を言っている様子もない。

「この遊覧船は通常だと夕方には終わってしまうからな。今朝春生から箱根を回りたいと言われた時点で連絡して、特別に出してもらったんだ」

「さ、さすが清貴さん……」

名護グループの御曹司となれば、顔もきくのだろう。

だからって貸し切り……いいんだろうか。

気が引けてしまいながらも、船内を抜けて屋外デッキへと出る。

エンジン音が響く中、船の明かりが水面に映り、進むたびに揺れて綺麗だ。

ふと視線を上げて空を見ると、真っ暗な夜空には無数の星が浮かんでいる。

「綺麗……」

柵に掴まり空を見上げていると、背後から伸びた手が同じように柵を掴む。

後ろを向くと清貴さんが自分と柵の間に私を挟むように立っていることに気がついて、心臓がどきりと跳ねる。

な、なんで隣じゃなく後ろに……⁉

すぐ近くにある体に緊張して、柵を握る手に力が入る。

少し前、出会った頃はあんなに距離を感じていたのに。こうやって不意打ちで自然と距離を詰めるから、ずるい。

景色を見る余裕などなくなってしまい、頭上にある彼の顔を見上げる。

船の明かりに照らされて、そのヘーゼルカラーの瞳がいつも以上に輝き美しい。

「綺麗ですね、清貴さんの目」

思わず口に出すと、彼は私の視線に気づいたようにこちらを見た。

「そうか？　子供の頃はからかわれることが多くて、俺はあまり好きじゃなかったんだが」

「えっ、キラキラしてて素敵だと思うんだけどなぁ」

目をのぞき込むように見つめて言うと、清貴さんは瞳を細めて小さく笑う。

「俺は、春生の目のほうが綺麗だと思う」

「そうですか？　普通の真っ黒な目ですけど……」

「色や形じゃない。まっすぐで芯のある瞳だ」

言いながら私の頬に手を添え、親指でそっと目の下を撫でる。

……褒められたお礼に、お世辞で言ってくれてるだけかもしれない。だけど、優しいその指に愛おしさを感じて、私は甘えるように彼の手に顔をすり寄せた。

「失礼します、名護様」

ところがその瞬間、船内から姿を見せた係員の男性に声をかけられた。我に返った私は慌てて清貴さんの手から顔を離す。

「二階のレストランでお食事のご用意ができております」

「あぁ、ありがとう。春生、あまり外にいて体を冷やしても大変だし、食事にしよう」

「は、はい」

係員の案内で船内へ戻り、二階のレストランへ行く。

真っ赤な絨毯が敷かれた店内は、低めの天井に大きなシャンデリアが輝き、きらびやかな雰囲気だ。四人がけの席がいくつも並ぶけれど、貸し切りということもあり当然私たち以外の客はいない。

クラシックのBGMが流れる中、白いクロスが敷かれた窓際の席に着いた。

そこは窓に向かってローテーブルとソファが用意されたペアシートだ。目の前の窓は大きく開いており、目の前の湖を見ながら食事をできるロマンチックな席だった。

清貴さんと並んで座ると、そのタイミングで近づいてきたウエイターが、「いらっしゃいませ」と一礼する。

「お食事はコースでご用意しております。ペアリングのお飲み物はどうされますか？」

「ペアリング、って？」

「一皿ごとに合わせたドリンクをソムリエが選んでくれるんだ。アルコールとノンアルコールで選べるが、どっちがいい？」

「じゃあ、ノンアルコールで」

私の回答に、清貴さんがノンアルコールをふたつ注文する。

そして少しすると、ウエイターがお皿とシャンパングラスをふたつトレーにのせて戻ってきた。

「こちら、トマトのブルスケッタです。お飲み物は洋梨を合わせたジンジャーエールとなっております」

私たちの前に置かれたのは、真っ白なお皿に上品に飾られたブルスケッタ。薄めの小さなパンに、トマトなどが盛りつけられている。

その隣に置かれた、シャンパングラスに注がれたゴールドカラーの炭酸の上には、洋梨のソルベが浮いている。

互いにグラスを手に取り、コン、と軽く合わせて乾杯をした。

ひと口飲むと、辛口のジンジャーエールに洋梨の甘さがほどよく混ざり合った。

「ん、美味しいです」

「あぁ。炭酸も強くなくて飲みやすいな」

こうして見ても彼はシャンパングラスがよく似合う。まるで映画のワンシーンのようだ。

つい見惚れていると、なにげなくこちらを見た彼と目が合う。

先ほどの屋外デッキでのことを思い出しドキッとしてしまい、私は目を逸らしながら慌てて話を切り出す。

「そっ、そういえば、昼間、神社でなにをお願いしてたか聞いてもいいですか?」

振った話題は、最初に行った箱根神社でのこと。手を合わせる彼の願い事がどんなものなのか気になっていた。

「いいけど、聞いてもつまらないぞ。普通に、会社の繁栄と家族や社員の健康のことくらいだ」

「さすが、清貴さんらしい願い事ですね」

副社長として、社員のことまで考えるのが彼らしいと思った。

私は目の前のお皿のブルスケッタをナイフで切り、口に運びながら話を続ける。

「名護リゾートを継ぐっていうのは、昔から決まっていたんですか?」

「あぁ。兄弟もいないし、俺が生まれた時点で将来は決まっていたようなもので、ほかに選択肢もなかった。けどそれに対して不満を持ったこともなかったし、そのための勉強も嫌じゃなかったな」

グラスをテーブルに置きながら言う彼の言葉は、強がりや見栄ではなく本心なのだろうことが感じ取れた。

「経営者としての父の姿もかっこよくて憧れた。……それに昔、ある人に誓ったんだ。強く立派な人間になる、と」

「へぇ……」

すごいなぁ。周囲の期待に応えて、人との誓いを果たすべく頑張っていて。

……私とは、違う。

「春生は？」

心の中でぼそっと呟くと、清貴さんがたずねた。

「え……？」

「神社で、なにを祈ったんだ？」

私の、願い事。

「……冬子さんたちの健康と、杉田屋がうまくいきますように、って」

一番に願ったそれらを口に出す。

「自分のことより叔母家族のことか。よほど大切なんだな」

「はい。冬子さんもおじさんもお兄ちゃんも……大好きな家族ですから」

家族を思って言うと、自然と笑みがこぼれてしまう。

「私、両親を亡くした頃の記憶がショックのためか曖昧《あいまい》なんですけど。でもひとつだけはっきり覚えてることがあるんです」

「ひとつだけ……？」

「私をどうするかって話になったとき、冬子さんだけが引き取るって名乗りを上げてくれたんです。ほかの親戚はみんな嫌がって、施設に入れたほうがいいって言ってた」

一度に両親をふたりとも亡くして、ただ泣くしかできなかった。幼い心はこの先のことなんてどうでもよくて、ただ寂しくて悲しくて、絶望しかなかった。

だけどそんな中、冬子さんが『春生はうちで引き取る』と言ってくれた。

『なに言ってるの。冬子のところは旅館もあるし、子供もいるでしょ』

『そうだ。施設に預けたほうがいいに決まってる』

『なに、子供がひとり増えるくらいなんてことないわよ。もともと春生もうちにはよく泊まりに来てたし、近所の人にもかわいがられてるからすぐ馴染めると思うわ』

否定的な親族の中、冬子さんはそう言い切って私の手をぎゅっと握ってくれた。

『春生が寂しさに潰されないように守るのが、大人の役目よ』

冬子さんだって、弟夫婦を亡くし悲しかったはず。だけど、その場で私の心に寄り添ってくれたのは冬子さんだけだった。

「それから、冬子さんたちは私のことも本当の娘みたいに育ててくれて。本気で叱ってくれたり褒めてくれたり、たくさんの愛情をくれたんです」

悪いことや間違ったことをすれば泣くほど叱られて、いいことや正しいことをしたときには親バカってくらい褒めてくれた。

そんな冬子さんたちといたから、両親を亡くした悲しみも乗り越えられた。

「冬子さんみたいなあたたかい人になりたい。誰かに愛をあげられるような、そんな人になりたいって思えるんです」

記憶の中の両親と同じくらい、大切で大好きな人たちだから。

「……そんな思いがあるとはいえ、さすがに結婚は嫌じゃなかったか？」

ぼそっとたずねた清貴さんに、私は迷わず首を横に振る。

「もちろんちょっとは迷いましたけど、でもちょうど仕事も辞めたところで、彼氏もずっといなかったし。そういう運命なのかなって納得できた自分がいました。それに……」

思わず言いかけた言葉に、清貴さんは続きを問うように見つめた。

けれどそれ以上はのみ込んで、話題を変える。

「あ、でもどんな人かわからないのは不安でした。清貴さんと顔合わせしてからも、大丈夫なのかなって」

初めて会ったあの日の、そっけない清貴さんを思い浮かべながら笑う私に、彼もそれを思い出すように渋い顔をする。

「でも、清貴さんこそ嫌だったんじゃないですか？　見ず知らずの相手で……しかも美人でもないですし」

「別に嫌とは思っていない。世間体を気にする親の気持ちもわかるし、むしろこちらの都合で結婚させてしまった申し訳なさのほうが強かった」

清貴さんはそう言って、膝の上に置いた私の手をそっと取る。

「けど今は、春生のことをもっと知りたいと思ってる」

「え……？」

私の、ことを？

「朝も夜も笑顔で迎えてくれて、優しさをくれる。……そんなふうに俺自身と向き合ってくれた人は、初めてだったから」

その言葉は、お金があっても、立派な家があっても、『いってらっしゃい』の言葉すらなかった……そんな彼の孤独を想像させた。

だけどこちらを見つめるその目は、今は不思議と寂しさを感じさせず、むしろ穏やかさに包まれている。

「でもこれまで恋人とかはいましたよね？　その人とはそういうやりとりはなかったんですか？」

「あぁ。何人かはいたけど、皆自ら寄ってきては離れていった。つまらない、冷たい、って幻滅してな」

相手に向けてか、自分に向けてか、呆れたように乾いた笑いをこぼす。

幻滅？　清貴さんに？　……どうして。

「清貴さん、こんなに優しい人なのに」

言葉とともに、自然とその手を握り返す。その私の言動に、彼は驚いた表情を見せた。

「最初はたしかにそっけなかったけど、でもそれも不本意な結婚をした私に、必要以上に妻として負担をかけないためだったじゃないですか」

私に負担をかけまいと、必要以上の接触を避けた。なのに、飛び出した私を追いかけてくれた。話を聞いて受け入れてくれた。

ごはんも残さず食べてくれる。『いってきます』も言ってくれる。

今日もこうして、一緒の時間を過ごしてくれた。

「無愛想でわかりづらいけど、でも清貴さんが優しいことを知ってます。だから私も清貴さんのことをもっと知りたいし、笑ってくれると嬉しいんです」

彼への想いを言葉にすると、自然と笑みがこぼれ出す。

するど清貴さんは、空いている右手で口元を覆いながら顔を反対側へ背ける。

「清貴さん？　どうかしました？」

「……いや、別に」

突然のその態度にどうしたのかと顔をのぞき込む。かすかに見えたその頬と耳は、赤く色づいている。握る手も徐々に熱くなっていくのを感じた。

「もしかして……照れてます？」

「うるさい」

赤くなった顔を見られたくないのだろう。頑なに顔を背ける彼がなんだかかわいくて、思わずふふっと笑ってしまう。

「清貴さん、かわいいです」

「かわいくない。笑うな」

拗《す》ねたように言う清貴さんの姿が余計おかしくて、さらに「あははっ」と声が出た。

そんな私に、清貴さんは握っていた手を離して顔を背けたまま黙ってしまう。

あ、もしかして……怒っちゃった？　まずい、いじりすぎたかも。

「き、清貴さん？　怒りました？　ごめんなさい、あの」

不安になって慌てて彼の顔をのぞき込む。

そんな私の声を聞いて、彼は不機嫌そうにした……かと思いきや「ぷっ」と吹き出した。

その声から、清貴さんに怒ったふりでからかわれたのだと気づく。

「もう、からかいましたね！」

「最初にからかったのは春生だろ。仕返しだ」

ぶう、と頬を膨らます私に、こちらを向いた清貴さんはおかしそうに笑う。

そして膨れた頬を指先でつんとつついた。

「かわいいのは、春生のほうだな」

甘い言葉に、今度は私の頬が熱くなる。

見ず知らずの人との結婚は、不安だった。清貴さんと会ってからも、大丈夫だろうかと思ってた。

だけど今、間違いじゃなかったって感じてる。

結婚相手があなたでよかった。

そう思える。

縁は異なもの味なもの

清貴さんとのデートから、数日。

雨が続いてようやく晴れた空の下、私は二階のバルコニーで洗濯物を干していた。

真っ白なシャツが数枚、かすかな風になびいて揺れる。

「ふう、洗濯物干し完了！」

雨が続くと浴室乾燥ばかり使ってしまう。けどやっぱり、陽の下でパリッと乾かしたほうが気持ちいいよね。

清貴さんは、今朝も早くに仕事に出た。今日は本社に行って会議に出席してから直帰するのだという。だからいつもより少し早く帰れるって言っていた。

『ごちそう作って待ってますね』

『あぁ。楽しみにしてる』

そう言って、優しい目をした清貴さんは私の頭を撫でた。

先日のデートから、また少し彼との距離が近づいた気がする。

『春生のことをもっと知りたいと思ってる』

清貴さんが、そんなふうに思ってくれていたことが嬉しい。

思わずふふ、とにやけてしまいながらバルコニーから室内へ戻る。

さて、今日はせっかく晴れたし、ちょっと散歩でもしようかな。この前清貴さんとデートしたときに、旅館の近くに立派な神社があったのを見かけたんだよね。

私が知らないいだけで、実はいろいろお店とかもあるのかもしれない。

そう思い、私は出かける仕度を始めた。


スニーカーを履いて家を出ると、旅館の敷地を抜け、記憶を辿《たど》りながら道を行く。

たしか、旅館前の通りを少し進んだ先に細い道が一本あって……と歩いていくと、

『この先、五百メートル　宝井《たからい》神社』の看板があった。

看板に従い、五百メートルの道のりを行き、長い石段を上ると、そこには赤い大きな鳥居を構えた神社があった。『宝井神社』と石柱に書かれている。

「宝井神社……」

境内は広々としており、いくつもの社殿からなる大きな神社だ。

数名の女性たちが、おみくじを引いたり絵馬を書いたりと盛り上がっている。

有名なところなのかな。箱根は全域がパワースポットだと言う人もいるくらいだ。

ここもなにかご利益があるところなのかも。

そう思いながら、拝殿にお賽銭《さいせん》を投げ、手を合わせてお参りをする。

なにげなく辺りを見回すと、拝殿の右奥にはお守りの販売や御朱印を受け付ける社務所があった。

窓口には誰もいない。そんな中、数多く並ぶお守りを見る。

お守りがたくさん……しかも恋愛のお守りばかり。出会いを呼ぶものから恋愛成就まで、さまざまな種類がカラフルに並んでおりとてもかわいい。

「こんにちは」

お守りをまじまじと見つめていると、突然声をかけられた。

その声に振り向くと、そこにいたのは白い着物に浅葱《あさぎ》色の袴《はかま》をはいた神主らしき男性。

黒い髪に垂れ目がちな二重をした彼は、穏やかににこりと笑った。

「こんにちは。すみません、勝手に見て」

「いいえ、どうぞごゆっくりご覧になってください」

優しい声に甘えて、私は並んだお守りに再度目を向ける。

「恋愛のお守りが多いんですね」

「うちは縁結びで有名ですから」

「縁結び……」

だから参拝者も女性が多いんだ。納得しながら、縁結びと書かれた赤いお守りをひとつ手に取った。

「まぁでも、名護の奥様には必要ないかな」

「えっ⁉」

突然のその言葉に驚き彼のほうを見る。

目を丸くした私にも、彼はにこにこと笑顔のまま。

名護の奥様って……どうして。

「どうして私のことを……？」

「そりゃあ名護リゾートの息子が結婚したなんてビッグニュース、近隣にはすぐ知れ渡るよ。それに、僕は名護の親友だから」

「えぇ⁉」

き、清貴さんに、親友⁉

いや、まぁそういう仲の相手がいてもおかしいことじゃない。けれど、孤高のイメージがあったせいか、親友という響きに驚いてしまう。

しかも、清貴さんとは真逆な雰囲気の人と……。

でも、そっか、清貴さんにもそういう存在がいたんだ。よかったなぁ。

安堵すると、まだ挨拶もまともにしていなかったことを思い出して、私は慌てて頭を下げた。

「初めまして。杉田……じゃない、名護春生と申します」

「春生ちゃん、ね。僕はここの神主を務めてます、宝井周《たからいあまね》です。周でいいよ」

周さん、かぁ。若いのに神主さんだなんてすごい。

陽の光に照らされる優しい笑顔が眩《まぶ》しく、オーラのあるその雰囲気といい、整った綺麗な顔といい、清貴さんと並んでも遜色《そんしょく》ない人だと思った。

「それにしても、名護のやつこんなかわいくて若いお嫁さんもらうなんて羨ましいな」

「いえ、そんな……」

周さんは、微笑みながらそう言うと一歩近づく。

お世辞とわかっていても、そんなふうにストレートに褒められると悪い気はせず、私は照れながら手にしたままだったお守りを彼に差し出す。

「じゃあ、これひとつください」

「縁結びのお守り……結婚してるのに？　あ、もしかして不倫してる？」

「え!?　ち、違います!!」

不倫って！

そんなことしてるわけがない、と私は思い切り首を横に振って否定する。

「私、清貴さんとはまだお互いに知らないことも多くて……だから、縁結びのパワーでもっと近づけたらいいなって思って」

夫婦となった私たち。だけど、まだ本当の夫婦にはなれていないから。

ふたりの縁が、神様の力でもっと固く結ばれたらいいな、なんて思ってしまう。

「じゃあ、そんな春生ちゃんに神主さんからアドバイスをあげよう」

「アドバイス？」

周さんはにこりと微笑んで、私が手にしているものと同じ縁結びのお守りをひとつ手に取る。

「縁結びとは言うけど、縁は結ばれているものを見つけるより、自ら結んでいくほうがよっぽど運命的で素敵だよ。このお守りは、あくまでその背中を押すためのもの」

そうささやいて、そのお守りを私の手に握らせた。

「もらって。一個は春生ちゃんに、もう一個は名護に、僕からの結婚祝いってことで」

「えっ……いいんですか？」

「もちろん。名護は難しいやつだと思うけど、どうぞよろしくね」

周さんは穏やかな声でそう言うと、「またいつでもおいで」とその場を去っていった。

私の手の中には、縁結びのお守りがふたつ残される。

穏やかで、不思議な雰囲気の人。

笑顔は優しいけれど、心は読めないというか、なんというか。


その日の夜。帰宅した清貴さんをいつものように玄関で出迎えると、その手には白い箱があった。

「それ、なんですか？」

「お土産だ。……本社の社員が『美味しくて有名な店だから奥さんに買っていったら喜びますよ』と言うから、買ってきた」

そう言いながら、清貴さんは私に箱を手渡す。

リビングに戻ってから箱の中を見てみると、真っ白なショートケーキと、つややかなチーズケーキが入っていた。

社員さんからおすすめされたとはいえ、わざわざ買ってきてくれたんだ。嬉しいなぁ。それに、見た目からしてとっても美味しそうだ。

「さっそく食べてもいいですか？」

「いいけど、それ食べて夕飯食べられるのか？」

「甘いものは別腹です！」

言い切ると、私はさっそくケーキをお皿に移し、ひと口食べた。

「ん～！　美味しい！」

ふわふわのスポンジに甘すぎないクリーム、さっぱりとした苺《いちご》……たしかに美味しくて思わず顔がほころんだ。

清貴さんはスーツのネクタイをほどきながらこちらを見る。

「うまそうに食べるな」

「だって本当に美味しいですもん、最高です！　あっ、清貴さんもひと口食べますか？」

せっかくならこの美味しさを分かち合いたい、と私はケーキをひと口分のせたフォークを彼に差し出す。

って、はっ！　これじゃあ間接キスになっちゃう。

せめて新しいフォークを用意して……と一度フォークを引っ込めようとした。

けれど清貴さんは顔をずいっと寄せて、ケーキを口に含んだ。

「ん、甘いな」

呟きながら、ペロッと唇を小さく舐《な》める。

その仕草がなんとも色っぽく、思わずこちらが赤面した。

「それにしてもそこまで喜ぶなら買ってきて正解だったな。なんなら毎日買ってくるか」

「え⁉　それは困ります、太っちゃう！」

「俺は気にしないけどな」

「私が気にするんです！」

必死で止めようとする私に、清貴さんはおかしそうに笑った。

こうして見ると、最初の頃よりずいぶん表情が柔らかくなった気がする。少しずつ心を開いてくれている証拠かな。そう思うと嬉しくなる。

つられて笑って、ふと今日のことを思い出した。

「そうだ、これ清貴さんに」

昼間、周さんからもらったお守りを、ひとつ清貴さんに手渡す。

清貴さんはすんなりと受け取ってくれたけれど、宝井神社という文字を見た途端表情を固まらせる。

「宝井神社……まさか、行ったのか」

「はい、ちょっとお散歩がてら。周さんともお会いして、そしたらふたりにってお守りをくれたんです」

自分の分のお守りも見せながら、私は笑顔で話を続ける。

「でもびっくりです、清貴さんにああいう感じの親友がいたなんて！」

……ところが、目の前の清貴さんは心底嫌そうに眉間に皺を寄せている。

あれ？　親友の話をしているわりには、なんだか嫌そうな顔……。

「どうしたんですか？　親友の話なのに……」

「親友なわけあるか。あんな性悪男、ただの腐れ縁だ」

「そうなんですか？　でも優しくて素敵な人でしたけど」

性悪って……とてもそうは見えなかったけれど。

不思議に思い首を傾げる私に、清貴さんはお守りを受け取ることなくテーブルに置いた。

「優しいのは見た目だけだ。危ないからあいつのところにはひとりで行かないように」

「へ？　危ないって……まさかぁ！　あんなに穏やかな人なのに」

「見た目じゃ人はわからないから言ってるんだ。いいな、絶対だ」

めずらしく不機嫌さを露《あら》わにして、清貴さんは自室へと向かった。

なんで不機嫌に……？

お守りも置きっぱなしで行っちゃったし。


その後、戻ってきた清貴さんはそれ以上周さんについて話すことはなかった。そのせいか食事中も気まずい空気のまま。

周さんってそんなに危ない人なのかな……たしかに不思議な雰囲気はあったけれど、悪い人には見えなかったんだけど。

よくわからないまま夜は更け、翌朝も清貴さんはテーブルの上のお守りには一切触れず仕事へ出た。

清貴さん、お守りとか神様とか信じないタイプなのかな。

放置したままにしておくのも申し訳なく、私は清貴さんの分のお守りを棚上にそっとよけておいた。

そのとき、ピンポンとインターホンが鳴った。誰だろう、とモニターで確認するとそこには増田さんが映し出された。

すぐさま玄関へと出ると、彼女は小さめの段ボール箱いっぱいに入った、キャベツやネギなどの野菜を抱えている。

「増田さん、どうしたんですか？」

「奥様、おはようございます。実は近所からたくさん野菜をいただいちゃって……使い切れないですしもらってくださいな」

増田さんはそう言って私に段ボール箱を差し出す。受け取ると、手にはズシッと重みが伝う。

「ありがとうございます。いいんですか？　こんなに」

「もし多くて消費しきれなかったらどこかに分けてください」

増田さんはそれだけ言うと、「これから仕事なので」と足早に去っていった。

仕事前にわざわざ持ってきてくれたんだ。いい人だなぁ。

でもたしかに、私と清貴さんのふたりではこの量は食べきれないかも。

改めて段ボール箱の中を見ると、どれも新鮮な野菜たち。ダメにしてしまってはもったいない。

でも分けるといってもどこに……。

考えてからふと思いついたのは、昨日会ったばかりの周さんの存在だ。

そうだ、周さんのところに持っていこう。初めてできたご近所さんだ、こういう交流もいいよね。

あ……でも昨夜、清貴さんが『危ないからあいつのところにはひとりで行かないように』と言っていたっけ。

でも夜にわざわざ清貴さんを連れて持っていくのも変だよね。

……ちょっとくらいならいっか。大丈夫、周さんは悪い人には見えないし。

よし、と私はもらった野菜を半分に分けて、さっそく宝井神社へと向かった。

段ボール箱を手にやってきた宝井神社は、今日も多数の参拝客が訪れている。辺りを見回すと、ちょうど敷地内を歩く周さんを見つけた。

「周さん」

「春生ちゃん。こんにちは」

昨日同様、白い着物と浅葱色の袴に身を包んだ彼は、笑顔で私を出迎えた。

「どうしたの？　今日も参拝？」

「いいえ、今日はおすそ分けに。これ、野菜たくさんいただいたのでどうぞ」

「いいの？　ありがとう。うち七人家族だし助かるよ」

家族みんなで暮らしているのだろう。嬉しそうに言いながら段ボール箱を受け取る彼は、やはりこれといって危険な感じはしない。

よし、これで用も済んだし帰ろう。

「じゃあ」と言いかけた私に、周さんは被せるように声を発する。

「せっかくだし、あがってお茶でも飲んでいかない？」

「え？」

「いただきものの和菓子があるんだ。野菜のお礼に食べていってよ」

昨夜の清貴さんとのやりとりもあって、一瞬身構えてしまう。

けど……お茶に誘われただけなのに断るのも変だよね。

うん、そうだ。お茶を飲んでお菓子をいただくだけだし。七人家族だと言っていたから家には誰かいるはず。ふたりきりにならないなら大丈夫だよね。

そう自分に言い聞かせるように心の中で呟いて、周さんについていく。

境内の一番奥にある平屋に案内され、広々とした玄関を上がり、一番奥の和室に通される。

自宅、にしては人の気配がない気が……。

「あの、ここって」

「うちの離れだよ。自宅はもっと奥。ここは縁側から見える境内の緑がとっても綺麗なんだ」

周さんがそう言って襖を開けると、緑の木々と白い石畳が美しい小さな庭が広がっていた。

「本当、綺麗ですね」

「ありがとう。うちの庭は四季折々とってもいい色になるんだ。おすすめはやっぱり春の桜の時期かな」

「いいですね、来年が楽しみです」

ふふ、と笑って私が縁側に腰を下ろすと、周さんは一度席を外す。そして少ししてから戻ってきた彼の手にはお盆が持たれていた。

「お待たせ。はいどうぞ」

私の横にそっと置かれたのは、あたたかいお茶が注がれた湯呑《ゆのみ》と和菓子がのった四角い小皿。和菓子はお花の形をしており、とってもかわいらしい。

「かわいいですね！　食べるのがもったいない……でも食べないともっともったいない……！」

「あはは、おもしろい子だねぇ」

隣に座る周さんに笑われながらも、和菓子をひと口食べる。

控えめな甘さとなめらかな口どけが美味しく、ついパクパクと食べ進め、あっという間に完食してしまった。

「美味しかった……ごちそう様でした」

食後に飲む、あたたかいお茶もまた格別だ。

周さんに対する警戒心もすっかり解け、「ふう」とひと息ついていると、彼はそれを微笑みながら見つめた。

「名護との生活はどう？　楽しんでる？」

「はい！　毎日楽しいです」

隠す必要もないし、正直に答える。

けれどその答えは少し意外だったのか周さんは目を丸くした。

「へぇ、てっきり『なに考えてるのかわからない』とか言うかと思った」

「うーん……たしかにわかりづらいこともありますけど。でもだからこそ、わかり合えたときが嬉しいんです」

清貴さんは感情があまり顔に出るタイプではないから、表情で察することは難しい。

口数も少ないからなおさらだ。

でもその分、気持ちや感情が伝わったときは嬉しいし、笑ってくれるとこちらまで笑顔になってしまう。

「それに、清貴さん、とっても優しいです。昨日もお土産を買ってきてくれて、出先でも私のこと考えてくれていたんだなって思ったら、なんだかとっても嬉しくなっちゃいました」

こらえきれず、つい「ふふ」とにやけてしまう。

「のろけるねぇ」

「はっ、すみません！」

しゃべりすぎちゃったかも！

慌てて謝る私に、周さんは感心するように頷く。

「でもあの名護がお土産、ねぇ。相当入れ込んでるとみた」

「えっ、そうなんですか？」

「そうそう。だって僕、名護が自分から誰かにプレゼントしたなんて聞いたこともないよ」

そうなんだ……。だとしたらいっそう嬉しいな。

「そこまでかわいがってると思うと、余計ちょっかい出したくなっちゃうよね」

「へ？」

ぼそっと周さんが呟いた言葉に、意味がわからず首を傾げた。

すると彼はゆっくりと私との距離を詰めてくる。

「昨日僕と会ったこと、名護に言った？」

「は、はい。言いましたけど……」

でも、『ひとりで会いに行かないように』と言われたことは黙っておこう。

きゅっと口を結ぶ私に、周さんの目は心の中を見透かすように細められた。

「僕には近づかないようにって言われなかった？」

「え？　なんでそれを？」

「名護が言いそうなことなんてお見通し」

すぐ見透かされてしまった……！

「あの、ご本人に聞くのもどうかと思うんですが……どうして周さんには近づかないほうがいいんでしょうか」

「なんでだろ？　僕がすぐ女の子を口説いちゃうからかな」

「え⁉」

口説く⁉　それってどういう意味⁉

動揺していると、周さんはさらに近づいて、私の髪を軽くすくいキスをする。

「ねぇ、名護なんてやめて僕にしない？　名護より優しくする自信あるよ」

「な、なにを言ってるんですか！　仮にも親友の妻ですよ⁉」

「だからこそ燃えるよね」

悪気を一切感じさせない笑顔で、とんでもないことをさらっと言ってのける。

神職者がそんなこと言っていいの⁉　この人、危険だ……！

今になって清貴さんが言っていた意味に気づいた私は、彼の体を思い切り突き放す。

「ダメです！」

その声は、静かな庭に響く。

「それに私、優しければ誰でもいいわけじゃないです！　清貴さんとだから、近づきたいって思うんです！」

清貴さんより優しくする、なんて。そんなことを言われてもこの心は動かない。

ここに来てから、彼の優しさだけじゃなくあたたかさや孤独、強さを知っていっそう近くにいたいと思った。

家族として、妻として、そばにいたいという愛情が芽生えている。

勢いよく言い切った私に、周さんは「ふっ」と嬉しそうに笑みをこぼした。

あ、れ……？　その表情の、意味って。

彼の行動の本意を察しかけた、そのときだった。

「春生‼」

突然大きな声で名前を呼ばれたと同時に、清貴さんが勢いよく駆け込んできた。

「き、清貴さん⁉」

清貴さんは、周さんと私が並んで座っているのを目にすると、昨夜同様に表情を歪める。そしてこちらへ歩いてくると私の肩を抱き、周さんから引き離す。

そんな彼に、周さんはおかしそうにけらけらと笑った。

「ずいぶん早かったねぇ、『春生ちゃんがうちに来てるよ』ってメールしてまだ十分も経ってないのに。よっぽど急いで来たんだ？」

「そりゃあ急ぐだろ……『早く来なきゃ奪っちゃうよ』なんて書いてあればな‼」

「あはは、冗談冗談～」

手を叩き心の底から楽しそうに笑う周さんと、それを見ていっそう眉間に深い皺を寄せる清貴さん。

そんなふたりの様子に、さっきまでの雰囲気が一変する。

「あの……これはいったい？」

「びっくりさせてごめんね。名護の慌てる姿が見てみたくて、つい。さすがに僕も友達の奥さんに手は出さないよ」

つまり……さっきのは清貴さんをからかうための冗談だったということ。

あ、悪趣味すぎる……！

「ったく、帰るぞ春生！」

「ばいばーい、また来てね」

「来るか‼」

清貴さんに肩を抱かれ、連れられるがままその場をあとにする。

去り際に周さんが一瞬優しい目を見せたことが気になりつつも、私たちは家へ向かう道を歩いた。

「清貴さん、ごめんなさい。仕事中だったのに」

「本当だ。だから言っただろ、あいつに近づくなと」

うっ……。

たしかにその通りだったかもしれないと思うとなにも言えない。

「周はいつもああで、俺の弱みを見つけるとそこをついて、動揺するのを見て楽しむのが生きがいなんだ」

か。

「は、はぁ」

ただ単に悪趣味なのか、それほどまでに清貴さんが好きだという愛情の裏返しなの
だから昨日、清貴さんはあんなに私が彼に接触することを嫌がっていたんだ。

でもそれってつまり、清貴さんにとって私はなにかあれば動揺してしまうような弱みなのかな。なんてちょっと自惚れてしまう。

「……でも、それだけじゃない気もします」

「え？」

「周さん、私のことも試していた気がするんです。『名護より優しくするから俺にしない？』って。でもそれを私が断ったら、嬉しそうに笑ってた」

私の答えに笑って、駆けつけてきた清貴さんにも笑って……。

先ほどの周さんの様子から私が感じたのは、私たちの絆を試していたのかもしれない、ということ。

本当は周さんも、長い付き合いの清貴さんの結婚相手がどんな人間なのか気にしていたのかもしれない。

私の言葉に、清貴さんは不服そうな、けれど照れくさそうな、複雑な表情を見せた。

『親友なんかじゃない』って昨日は言っていたけれど、本当は彼も周さんのいいところを知っているのだろう。でもそれを素直に認めたくない、といったところだろうか。

意地を張った彼の顔がちょっとかわいらしくてつい笑みがこぼれる。

「……だとしても、ほかの男を褒められて、そのうえ口説かれたと聞くのは不愉快だ」

「あっ、そうですよね！　ごめんなさい！」

たしかに、清貴さんからすれば気持ちのいい話ではなかったかも。

そもそもは彼の言いつけを守らなかった自分に非がある、と私は慌てて謝った。

けれど清貴さんはふいっと顔を背ける。

「謝っても許さない」

「えぇ!?　そんなぁ」

まるで子供みたいな拗ね方……！　でも許してもらえないのは困る。

いったいどうしたらいいのかと悩む私に、清貴さんは顔を背けたまま言う。

「許してほしいなら、一回止まって目を閉じろ」

「へ？　あ、はい！」

意味はわからないけれど、言われるがまま足を止めて目を閉じる。

すると次の瞬間、彼が近づく気配を感じるとほぼ同時に、頬にそっと柔らかいものが触れた。

え……？

ゆっくりと目を開けると、視界が埋まってしまうほど近くに清貴さんがいた。

今、頬にキス……した？

あまりに突然のことに、全身の体温が一気に上昇し、顔が熱くなる。

「えっ、今、あのっ」

「耳まで真っ赤だ。かわいいな」

「もうっ、からかわないでください！」

真っ赤な顔で歩き出す私に、清貴さんが声を出して笑う。

家に帰ったら、彼にまたあのお守りを渡そう。今度はきちんと受け取ってもらえるように。

結ばれた縁を、いっそう強く結んでいきたいから。

旱の朝曇り

子供の頃、英語を学びたいと思ったことから、いつしか英語教師が自分の夢になった。

ほかの国の人とつながるきっかけ作りになれたらいい、そのために子供たちに英語を教えたい、と。そう思ったんだ。

バイトをしながら大学を出て、都内の高校に就職が決まった私は上京して、ひとり暮らしを始めた。

夢のためとはいえ、地元を離れるのは寂しい。だけど、この街で立派な英語教師になるんだと覚悟を決めた。

……はず、なのに。

結局、あの街にも私の居場所はなかったのだと思い知るだけだった。

ある日の夜。夕食後の食器洗いを終え、リビングのソファに腰かけたところで、スマートフォンがピコンと鳴った。

なんだろう、と画面を見るとそこには一通のメッセージ。送信者には【唯《ゆい》ちゃん】の名前が表示されている。

唯ちゃん……久しぶりだ。

彼女とは大学時代からの付き合いで、同じく英語教師となった友人だ。

お互い赴任した学校が隣同士の学区だったので、就職後もたびたびごはんに出かけていた仲だ。

唯ちゃんは今もまだ都内の学校で勤務しているはず。どうしたんだろう。

不思議に思いながらメッセージを開くと、そこには久しぶりという挨拶と【今度の土曜日にランチでもしない？】という内容が綴られていた。

そういえば、彼女には電話で学校を辞めることを伝えただけで、直接話はできていなかったんだよね。

ようやくいろいろ落ち着いたことだし、久しぶりに会ってゆっくり話したいかも。

「どうした？　スマートフォン片手に固まって」

そこにちょうど、お風呂からあがってきた清貴さんが姿を表す。

濡れた髪をタオルで乾かしながらこちらを見る彼に、私は唯ちゃんからのメッセージについて説明した。

「それで、土曜日にごはんに行ってきたいんですけど。大丈夫ですか?」

「もちろん。その日は俺も本社に行くから、送迎しよう」

「えっ、いいんですか？　ありがとうございます」

ふたつ返事で了承したうえに送迎までしてくれるという彼に、笑ってお礼を言うと、すぐさま唯ちゃんに返信をした。

唯ちゃんに会えるの、楽しみだな。どんなことを話そうかな、清貴さんのこと話したいな。

胸を膨らませ、私はふふと笑った。


それから数日後の土曜日の午後、私の姿は銀座《ぎんざ》のとあるビルにあった。

よく晴れた空の下、屋上のテラス席が開放的なそのカフェで、私の向かいにはショートカットの女の子……唯ちゃんが座る。

「もう、春生ってばいきなり仕事辞めたかと思えば、箱根に嫁いだなんて……超びっくり！」

大ぶりのピアスを揺らしながら大きな声で笑う唯ちゃんは相変わらず人懐こく、顔を合わせなかった数カ月という時間を感じさせない。

「私が一番びっくりしてる。人生なにがあるかわからないよねぇ」

カフェラテの注がれたカップを手にあははと笑う私に、唯ちゃんも呆れたように笑った。

実は唯ちゃんに結婚の話はしていなかった。なので今日会って早々にこれまでのことを話したところ、唯ちゃんは驚きを連発してようやく落ち着いたところだ。

「それで、相手は？　政略結婚っていうくらいだし……まさかおじさんとか⁉　ちゃんとしてる人なの⁉　ひどい仕打ち受けたりしてない⁉」

「大丈夫だよ。名護グループっていう会社の副社長さんなんだけど、気取ったところもなくていい人で……むしろとってもよくしてもらってる」

笑顔で答えると、唯ちゃんはどんな人かとすぐさまスマートフォンで検索をかける。私も一緒にその画面をのぞき込んだ。

【名護グループ　副社長】というワードで検索すると、すぐに清貴さんの写真や経歴、ウェブニュースに掲載されたインタビューなどが出てきた。

わ、こんなふうに出てくるんだ。そうだよね、あれだけの大きな企業の副社長だ。業界では有名なのだろう。

唯ちゃんは画面を見て目を丸くする。

「な、なにこのイケメン！　この人が結婚相手⁉　嘘でしょ⁉」

「嘘じゃないよー！」

「イケメンハーフなうえに有名大学出身、あの名護リゾートの次期社長……」

そして、スマートフォンをテーブルに叩きつけた。かと思えばそのまま私の手を両手でぎゅっと握る。

「結婚式はぜひ呼んで。そして、旦那さんの友達紹介して‼」

「あはは、唯ちゃん……目が輝いてる」

よく晴れた空の下、私たちの笑い声が響く。

「でも春生、元気そうでよかった。辞めるって電話で聞いたときは本当につらそうだったもんね」

唯ちゃんは明るい声で言いながらも、心苦しそうに顔を歪める。

「あのときはなにも力になってあげられなくてごめんね」

「……ううん、唯ちゃんが謝る必要なんてないよ。それに、もう大丈夫だから」

『大丈夫』

自分にも言い聞かせるように笑って言うと、そんな私の心を察するように唯ちゃんは悲しげに微笑んだ。そして、ひと息おいてから真剣な顔で口を開く。

「……そんな春生に言おうか迷ったんだけど、知っておいたほうがいいと思うから言うね」

知っておいたほうがいいようなこと？

なんだろう、と続きを待つ私に唯ちゃんは話を続ける。

「聞いた話なんだけど、村瀬《むらせ》が春生のこと探し回ってるみたいだよ」

「え……？」

――村瀬。

唯ちゃんが声に出したその名前に、心臓がドクンと嫌な音を立てる。

「うちの学校に、村瀬と同期の先生がいるんだけどさ、その人に連絡があったんだって。『そこの学校に杉田先生の友達がいたよね、彼女経由で杉田先生の居場所わからないかな』って」

唯ちゃんのその話に、あの人がまだ自分に執着しているのだと知り、ゾッと鳥肌が立った。

「その先生もとっさに知らないって言ってくれたみたいなんだけど……でもどこから聞きつけてそっちに行くかわからないし、気をつけて」

「……うん、ありがとう。唯ちゃんにもその先生にも迷惑かけてごめんね」

「迷惑なんかじゃないって！」

申し訳ない気持ちでいっぱいになる私に、唯ちゃんは笑って肩を叩いてくれる。

その笑顔に安心した。


それから私たちはランチを終えても話が尽きることなく、お店を変えてまたお茶をしながらしゃべり尽くした。

そして気づけばすっかり日も暮れ、時刻は十九時近くになっていた。

「すっかり話し込んじゃった。帰り大丈夫？」

「うん。今日は清貴さんも本社に来てて、一緒に帰る予定だから」

「いいねぇ、ラブラブで。ドライブデート楽しんで〜」

ひやかす唯ちゃんに笑うと、また近々会うことを約束して、私たちは東京駅で別れた。

楽しかったなぁ。唯ちゃんと久しぶりにいろいろと話せてよかった。

……楽しかった、はずなのに。

『村瀬が春生のこと探し回ってるみたいだよ』

その名前を思い出すだけで胸がざわつく。

あのときのつらさが込み上げて、呼吸が苦しくなってくる。

大丈夫、大丈夫……自分に言い聞かせながら、手をぐっと握ったときだった。

バッグの中のスマートフォンがヴー、と音を立てて振動した。

電話……？

取り出したスマートフォンの画面には【着信　清貴さん】の文字が表示されており、
私は通話ボタンをタップして電話に出た。

「はい、もしもし」

《春生、お疲れ。今どこだ？》

「あ、今ちょうど唯ちゃんと別れて、東京駅の……」

言いながら辺りを見回すと、少し離れたロータリーに、車の前に立つ清貴さんの姿を見つけた。

彼と目が合い、通話を切ると小走りで近づいた。

「清貴さん」

「ちょうどよかったな」

小さく笑ってくれる、その笑顔に安心する。

清貴さんに促され助手席に乗ると、彼も運転席に乗り込み、ゆっくりと車を走らせた。

「友達とは楽しめたか？」

「はい。この時間まで話し込んじゃって……清貴さんはお仕事どうでしたか？」

「どう、というほどのこともないけどな。そうだ、父が帰国していてな。春生にお土産を預かってきた」

「お土産？」

清貴さんは、運転しながら後部座席を指差す。その先を見てみると、シャンパンゴールドが美しい高級感のある紙袋が置かれている。

「フランスに行ってきたらしくてな、有名ショコラティエの店のチョコレートだそうだ」

「ふ、ふらんす……」

フランス、有名ショコラティエ、その響きだけで自分にはもったいないと尻込みしてしまう。紙袋からして明らかにお高そうだし……。

まだ一度もきちんとご挨拶できていないのに、申し訳ないなぁ。今度ご挨拶に伺うときには、私もいいものを用意しておかなければ。

「……今度自分もいいものを持っていこう、とか思うなよ」

「え⁉　どうしてわかったんですか⁉」

「春生の考えそうなことはだいたいわかるようになってきた。……ちなみに張り切っていいものを渡すと、親は喜んでもっと上等なものを返してくるぞ」

それはそれで恐ろしい……！

会話をする中、ほどなくして車が停められた。そこは車がずらりと並ぶ地下駐車場だった。

てっきりこのまままっすぐ帰るとばかり思っていたから不思議に思っていると、清貴さんがシートベルトを外した。

「少し寄り道していくか」

「えっ、いいんですか？」

「いい、というか俺が寄りたいんだ」

清貴さんが寄りたい場所……？

予想もつかず、私は彼に続いてシートベルトを外して車を降りる。

そして地上へと出ると、目の前にはライトに照らされ光る東京タワーがあった。

「わぁ、綺麗」

こんなに近くで東京タワーを見るのは初めてだ。

思っていた以上に大きなその建物を、私は口を開けながら見上げた。

「せっかくだし、夜景でも見ていこうと思って」

「はいっ、嬉しいです！」

ふたりで建物内へ入り、上階の展望室へ行く。

大きなガラスの向こうには一面東京の夜景が広がっていた。

「自然に囲まれるのもいいけど、たまにはこうして街の明かりも見たくなる」

「たしかに……すっかり自然に目が慣れちゃったせいか、新鮮です」

まだ煌々と明かりの灯る夜のビル街。それをすり抜けるように走っていく車たちはまるで流れ星のようだ。

少し前までは自分もこの景色の一部だったのに。懐かしく思うあたり、もう自分はこの街の人間ではないのだと感じた。

ふと景色から周囲へ視線を移すと、周りはカップルばかりなことに気づいた。

当たり前か……デートの定番スポットだもんね。

そんなことを思っていると、隣のカップルが突然抱きしめ合いキスを始めた。

こ、こんな人前で⁉

カップルにとってはここはもうふたりだけの世界なのだろう。恥ずかしげもなくイチャイチャするふたりに、こちらが恥ずかしくなってしまう。

まじまじと見ていると、清貴さんの手が背後から私の目元を覆い隠す。

「こら。あんまり見るんじゃない」

「すみません……！」

私の視線の先に気づいたのだろう。それ以上周りを見ないように、清貴さんは私を後ろからハグして景色をふたりで眺める。

清貴さんの体が、背中にあたる。

スーツの下に隠れた、たくましい腕が体をそっと包む。

意識するとドキドキと鼓動がうるさくなる。こんなにも近いと心臓の音が聞こえてしまいそうだ。

今この瞬間、この胸の中も頭の中も、清貴さんでいっぱいになる。

……なのに、ふいに不穏な影がよぎる。

『……杉田先生』

先ほどより色濃く、嫌な記憶がよみがえる。

……怖い。

かすかに震える手で、すがるように清貴さんの手を握った。

「春生？　どうかしたか？」

「いえ、なんでもないです。ただ……触れたいなって、思って」

その手で、この不安も恐れも包んでほしい。

だけど……すべてを話して幻滅されたくないから。喉元まで出かけた言葉を、なにも言えずにのみ込んだ。

今はただ、このままで――。妻として、そばにいさせてほしい。

比翼連理

清貴さんと夫婦として過ごす日々は、穏やかで楽しい。
だからつい、数カ月前までの自分を忘れてしまいそうになる。
目まぐるしい街で、生徒を前に教壇に立つ自分。
憧れの教師となり、やりがいやプレッシャーと闘っていた日々。
毎日があっという間で、でも愛しかった。
……だけど。
『杉田先生』
腕を掴む手の感触と、荒い息遣いがまだ記憶から消せない。
『杉田先生が誘ったらしいよ』
生徒たちの間を駆け抜ける勝手な噂。
『杉田先生、あなたに原因があるんじゃないですか』
上司からの軽蔑した目。
『……ごめんなさい、仕事辞めることにした』

『そう……仕方ないわよ』

逃げ出した情けない自分と、冬子さんの落胆した声。

すべて忘れられたら、ラクなのに。今もまだ、ふいによみがえっては私を苦しめる。


「はっ」

目を覚ますと、そこは太陽の光が照らす午後のリビング。

窓から入り込む柔らかな風が、カーテンをふわりと揺らしていた。

家事をひと通り終えて、テーブルに伏せるうちに気づいたら寝ちゃっていたんだ……。

それにしても、嫌な夢見ちゃったな。

額に滲んだ汗を指先で拭いながら体を起こす。すると、自分の肩にブランケットがかけられていることに気づいた。

「起きたか？」

その声に振り向くと、そこには今朝仕事へ出たはずの清貴さんの姿がある。

「あれ、清貴さんどうして？」

「忘れ物を取りに来たんだ」

言いながら彼は、書類の入ったクリアケースを見せた。

そっか、清貴さんがかけてくれたんだ。

彼の優しさを感じてブランケットをぎゅっと抱きしめていると、その目はこちらをじっと見る。

「春生、大丈夫か？」

「え？」

「寝てる間、少しうなされてたから。嫌な夢でも見たか？」

嫌な夢……。その通りではあるけれど、事実は言えずにのみ込んだ。

「そう、ですね。大量の鳩が群がってきて窒息しかける夢を見ちゃって！」

「……それは嫌だな」

適当な話でごまかした。その嘘に気づくことなく、想像したのか、不快そうに同意する清貴さんに私は笑ってみせた。

清貴さんと話していると、さっきまでの嫌な気持ちも吹き飛んでしまう。

愛しさと安心感を、覚える。

「清貴さん、ちょっとだけいいですか」

なんだ、と不思議そうな顔をする清貴さんに、私は立ち上がり近づくと、その体に正面からぎゅっと抱きついた。

「は、春生?」

「ちょっとだけですから」

その硬い胸板に顔をくっつけて抱きつくと、自分と同じ柔軟剤の香りがした。

チラッと見上げると、清貴さんは突然のことにどうしたらいいかわからないといったように戸惑っている。

容易《たやす》く抱きしめ返したりしないところが、彼らしい。

少しの間を置いてから恐る恐る頭を抱き寄せる、その大きな手に愛しさを感じた。

「明日、午後から半休なんだ。またどこか出かけないか?」

「いいんですか?」

「あぁ。どこでも構わないが……そうだ、駅前に美味しいプリン屋があると聞いたな」

プリン!と思わず顔がほころぶ。

それを見て、清貴さんはおかしそうに笑った。

ちょっとだけ、と言ったけれど、本当はもっとこうしていたい。

その優しさとあたたかさに、甘えていたい。

翌日。午前中の仕事を終えた清貴さんとともに、私は箱根湯本の駅近くにあるプリン専門店へとやってきた。

水色の屋根に白い外壁という、北欧テイストのかわいらしいお店に入ると、プリンの甘い香りと店員さんの明るい笑顔が迎えてくれた。

ショーケースには、プレーンからチョコレート、ストロベリーまでさまざまなフレーバーのプリンが並んでいる。

「わぁ……どれも美味しそうで迷っちゃいます」

あれもこれも美味しそう、と目移りしてしまう。

「なら全部買うか」

「ってそれは欲張りすぎです！　もう、清貴さんの言う通りにしてたら私太っちゃいます」

「もう少し肉付きよくてもいいだろ」

そう言って清貴さんは私の二の腕をつまむ。

「セクハラです！」

そんな私たちのやりとりを見て、店員さんはおかしそうに笑った。

「なら、何種類か買って俺とシェアして食べるか」

「いいんですか？　でも清貴さん甘いもの大丈夫でしたっけ」

「得意じゃないけど。まぁ少しくらいなら」

清貴さんが甘いものを食べているのは見たことがないし、コーヒーもいつもブラックだから、本当はダメなのかもしれない。でも私のためにと提案してくれたのかな。

その気遣いが嬉しくて頷くと、店員さんに四つ選んでもらうようお願いした。

「では定番のプレーンに、人気のスフレと……四種類お選びしますね」

「お願いします」

「それにしても、とっても優しくて素敵な彼氏さんですね」

率直に褒めてくれる彼女に、私は迷わず同意する。

「はい、自慢の主人なんです」

ためらいなくのろけて隣を見ると、清貴さんは手で目元を覆い、顔を背けている。

かすかに見える顔は赤く、照れているのだろう。

そんな彼に、私と店員さんは目を合わせて笑った。


買い物を終えた私たちは、近くのカフェで少し遅めのランチを済ませてから、散歩がてら駅前の通りを歩いていた。

「いい買い物ができましたね、食べるの楽しみです」

「喜んでもらえてよかった」

清貴さんが手にする水色の紙袋の中には、瓶入りのプリンが並ぶ。

「お店もとっても素敵でしたし、あのプリンも絶対美味しいです。私の美食センサーがそう言ってます！」

「美食センサー……？　そんなのあるのか？」

「はいっ。都内にいたときもよく食べ歩きしてたので」

誇らしげに言うと、私はスマートフォンを取り出し、アルバムに入っている料理の写真を見せる。

「どんなに忙しくても疲れていても、日曜にごはんを食べに行くのだけが楽しみで！」

「たしかに、都内は店も多いしな」

ボリューミーなスイーツ、カフェのドリンク、盛り付けがオシャレなパスタ……さまざまな写真を見せる。

その中に一枚、唯ちゃんと撮った写真があった。

「あ、これ、この前会った友達の唯ちゃんです」

「春生も彼女もいい笑顔だ。仲いいんだな」

「はい。明るい子で、なんでも話せる一番の友達なんです。私が仕事を辞めてからは連絡取れてなかったんですけど」

なにげない話の流れから、自らその話題を出してしまったことにはっとする。

「そういえば、どうして春生は教師を辞めたんだ？」

「あ……」

案の定、たずねられたことに胸がギクリと嫌な音を立てる。

「まぁ、いろいろと大変で」

笑ってごまかすと、それ以上はなにも言えなかった。

清貴さんが私のことを知りたいと思ってくれている。

……なのに、知られることが怖い。

本当の自分、を。

「ついでですし、夕ごはんの買い物していきましょうか。今夜はなにが……」

沈みそうになる心を必死に保って話題を変えようとした――そのときだった。

「杉田先生！」

突然名前を呼ばれて足を止める。

聞き覚えのある声に身をこわばらせながらゆっくりと振り返ると、そこにはこちらを見るひとりの男性がいた。

黒髪にメガネ、中肉中背のその人は私に向かって駆け寄った。

「杉田先生だ！　よかった、会えた……」

「村瀬、先生……」

私の顔を見て、達成感でいっぱいといった笑みを浮かべる彼に、ゾッと嫌悪感が込み上げた。

「なんで、ここに……」

「アパートの方から実家に戻ったって聞いて地元に伺ったら、箱根に嫁いだって聞いて……探しに来たんです」

そういえば、都内のアパートを出る際に大家さんに実家に戻ることを話した。実家が群馬で旅館をしているということも過去に話していたし……その情報をもとに辿ってきたのだろう。

その執着心に、恐怖でバッグを持つ手が震える。

「今さら……なんの用ですか」

「僕、杉田先生にずっと謝りたかったんです。僕のせいで退職にまで追い込まれて、守れなくて……」

彼はそう言って申し訳なさそうに眉を下げる。

隣の清貴さんへ視線を移すと、会話の内容から状況を読み取ろうとしているのがうかがえた。

やだ、こんな話清貴さんに聞かれたくない。

そんな思いとは裏腹に、村瀬先生は言葉を続ける。

「ただ信じてほしいのは、僕はあなたのことが好きだっただけで、傷つけたかったわけじゃないんです！」

やめて、もうそれ以上言わないで。

「今からでも遅くない。もう一度、僕とのことを考えてもらえませんか」

清貴さんの前で、それ以上。

「杉田先生っ……」

「やめて‼」

思わず荒らげた声に、彼は驚き黙る。

「信じてとか考えてとか……無理です、迷惑です‼　帰って！　もう来ないでっ……姿を見せないで‼」

勢いのまま言葉をぶつけて取り乱す。そんな私を背中に隠すように、清貴さんは前に立ってくれた。

「すみません。彼女もこう言っているので、今日のところはお引き取り願えますか」

「けど僕はっ……」

「話があれば、私が代わりに伺いますので」

そう言って清貴さんが名刺を手渡す。

連絡先を得たことで口約束ではないと確信したのか、村瀬先生はその場を去った。

清貴さんとふたりになり、そこには少しの無言が流れる。

「……春生」

その空気を打ち破るように名前を呼ぶ声に、ビクッと肩が震えた。

これ以上、聞かれたくない。

だって本当の私を知ったら、彼は――。

ぐっと唇を噛《か》んだその瞬間、清貴さんが私の手に触れようと腕を伸ばす。

「やだっ……！」

とっさにそれを振り払い、大きな声をあげてしまった私に、清貴さんは驚いた顔を見せた。

やって、しまった。

凍りつくその場の空気に耐えきれず、私は逃げるように駆け出した。

「春生！」

その声に振り向くことはなく。


最悪だ。

声を荒らげ、その手を拒み……嫌な姿をいくつも見せてしまった。

だけど、知られたくない。私の中の本当の気持ちを。

失望されて、嫌われたくない。

駅前の通りを離れ、行くあてもなく細道を行き、人目につかない山道へ入る。

自分がどこにいるかもわからないけれど、今はただあの場所から離れることで頭がいっぱいだ。

ここまで来ればもう……。

そう思い背後を見る。ところが。

「待て！　春生！」

そこにはあとを追いかけてくる清貴さんの姿があった。

「なっ、なんで追いかけてくるんですか！　ここはそっとしておくところじゃないんですか⁉」

「知るか！　逃げ出されたら追うだろ！」

革靴にスーツという動きづらい格好にも構わず、清貴さんは駆け足で私との距離を縮める。

そのタイミングで、ヒールを履いていた足元が躓《つまず》いてしまった。

「あっ！」

転ぶ、そう思うと同時に清貴さんが私の腕を引っ張り、後ろに倒れ込む。

けれど私は地面にぶつかることはなかった。それもそのはず。清貴さんが私を体で受け止め、下敷きとなってくれていたのだから。

「清、貴さん……」

「……追いかけないと、こうしてまた転んでひとりで泣くだろ」

泥でスーツを汚しながら、それを気にせず私を後ろから抱きしめてくれる。

ひとりで泣かせまいと守ってくれるその腕に、安心感を覚えた。

「それにしても驚いた。春生もああして声を荒らげることがあるんだな」

「……引き、ましたよね」

「いや、むしろ安心した」

安心……？

どうして、とその顔を見ると清貴さんはふっと笑う。

「春生にもちゃんと、弱さや見せたくないものがあるんだと知れて嬉しい」

「私は……知られたくなかったです」

「だけど俺は知りたいんだ」

ささやいて、清貴さんは私の頬をそっと撫でた。

「政略結婚だろうと結婚は結婚と言ったのは春生だ。なのにきみは、いつも笑うだけで俺になにも見せやしない」

私の目をのぞき込むように見つめるその瞳には、まっすぐさとじれったさが混じる。

「春生のすべてを俺に見せてほしい。受け止めてみせるから」

私の、すべてを……。

その言葉に先ほどまでの恐怖心が一気に拭われる。

小さく頷いた私を、清貴さんはぎゅっと力を込めて抱きしめてくれた。

それから私たちは一度駅のほうへ戻り、車で自宅へと帰った。

転んだ私を受け止めた拍子に、彼のスラックスやジャケットの背中は泥だらけになってしまっている。そのままでは車のシートも汚れてしまうのでは、と申し訳なくなったけれど清貴さんは『気にするな』と言ってくれた。

そして自宅へ着き、家の中に入る……と思いきや、清貴さんは私の手を引いて旅館のほうへと向かった。

「清貴さん？　どこへ……」

「せっかくだし、家じゃなくてこっちでゆっくりしよう」

旅館はちょうどチェックイン時刻が過ぎたところらしく、増田さんたちが忙しなく動き回っていた。けれど、泥だらけの清貴さんを見て驚きの声をあげた。

「あら！　副社長どうされたんですか！」

「いろいろあってな。春生を連れて少し休みたいんだが、上の部屋は空いてるか」

「はい、空いてますよ。では今、お着替えなど用意いたしますね」

増田さんはそう言って、バタバタとその場を去る。

そしてほかの仲居さんに連れられて、私と清貴さんは最上階……三階の部屋に通された。

そこは、障子で仕切られた畳敷きのリビングルームと、フローリング仕様のベッドルームからなる、俗にいうスイートルームだ。大きな窓の外にはテラスがあり、小さな足湯までついている。さらには露天風呂まで備わり、なんとも豪華だ。

「すごい部屋……」

「うちの旅館で一番いい部屋だ。今日はたまたま空いていてラッキーだったな」

清貴さんはそう言ってジャケットを脱ぎネクタイを外す。

「そのドアの向こうに露天風呂がある。あったまってこい」

「えっ、でも私より清貴さんが……」

「いいから。ひとりが嫌なら一緒に入るか？」

いっ、一緒に⁉　それはさすがに恥ずかしい！

「入ってきます！」

慌てて露天風呂へ向かうと、後ろからは彼の小さな笑い声が聞こえた。

脱衣所で服を脱ぎ、露天風呂に入ると、温泉のあたたかさにほっと体がほぐれた。

辺りは木々に囲まれて、その向こうに芦ノ湖の水面が見える。

もうすぐ夕方を迎えようとしている、陽が傾き始めた空を見上げて目を閉じると、鳥のさえずりが聞こえて気持ちが落ち着いた。

さっきまでの動揺が嘘みたい。

きっと私ひとりだったらまた塞ぎ込んでいた。だけど、清貴さんがいてくれたから。

『受け止めてみせるから』

本当の自分を見せるのは、怖い。だけど……その言葉を信じたい。

清貴さんになら、話せるんじゃないかって思えた。

露天風呂からあがり、すっかり温まった体を浴衣に包み、私は清貴さんのもとへ戻る。

「お待たせしました」

「あぁ」

ソファに座って待っていた清貴さんも、先ほどのスーツから浴衣に着替えている。

「着替えたんですね」

「あのまま座るわけにはいかないからな。風呂はどうだった?」

「とってもいいお湯でした。景色もすごく綺麗で最高ですね!」

元気よく答える私に、清貴さんは小さく笑うと、自分の足の間をポンポンと叩いて示す。その仕草は『ここに座って』と言っているようだった。

それを察して、おずおずとその足の間に座ると、清貴さんは私の髪をそっとタオルで拭ってくれた。

タオル越しに頭を撫でるように、髪を拭う優しい手。心までほぐされて、私は小さく口を開いた。

「……さっきの人、私が勤めていた学校で同じく教師として勤務していた先輩なんです」

「村瀬、と言っていたか」

「はい。村瀬先生は私の三つ年上で、面倒見がよくてなにかと気にかけてくれた、いい先輩でした」

当時私は、夢だった英語教師になり、毎日があっという間に感じるほど大変だった。だけど生徒たちと接するのは楽しかったし、先輩も上司もいい人で、環境にはとても恵まれていると感じていた。

「あるとき彼に告白されて……私は先輩としてしか見ていなかったのでお断りしたんです。でも、納得してもらえなくて」

それは、昨年末のことだった。

『僕、杉田先生のことが好きなんです』

『ごめんなさい……村瀬先生のことは先輩としてしか見てなくて。それに、私自身仕事のことでまだ頭がいっぱいで』

彼からの告白に、自分なりに丁寧に断ったつもりだった。

だけど彼からの好意は、年明け後も変わらなかった。むしろ、徐々に激しさを増していった。

『好きなんだ！　杉田先生のこと、諦められなくてっ……』

『ごめんなさい、前にもお伝えした通り、私は村瀬先生とはお付き合いできません』

気持ちを伝える彼に、心苦しくなりながらも断る、同じ会話を繰り返した。

「今思えばほかの先生にも相談しておけばよかったんですけど……彼の教師としての立場もあるしと思って言えなかった」

きちんと答えればいつか諦めてくれる、そう思っていた。

……けど、自分の考えの甘さが予期せぬ事態を引き起こした。

甘かった自分への悔しさが思い出されて、私は浴衣の裾をぎゅっと握る。

「ある日の放課後、資料室で仕事をしていたら彼が来て、押し倒されて襲われかけて……なんとかして、逃げたんですけど」

今もまだ、思い出すだけで手が震える。

『好きなんだ、あなたがどうしてもほしい……なのにどうしてわかってくれないんだ！』

『やだっ……やめて‼』

薄暗い部屋で、力づくで床に押し倒された。

理性を失ったその目と荒々しい息遣い。体にのしかかり息を止めるような体の重み。

すべてが怖かった。

だけどその体を思い切り蹴り飛ばして押しのけ、なんとか逃げ出した。

そのまま家に帰ってからも、恐怖にひと晩中震えて泣いた。

どうしよう、上司に相談、いや、警察……だけど大事にしたくない。

教師としてようやく落ち着いてきたのに、なにかあって冬子さんたちに心配をかけたくない。

……もう私も大人なんだから。これくらい、流さなきゃ。

なんてことない顔で、なかったことにするだけ。

「怖くてつらくて……だけど周りに迷惑をかけたくなくて、私はなかったことにしようと決めたんです。……でも翌日学校に行ったら、前日のことが噂になってた」

勇気を出して出勤をした私を待ち受けていたのは、事実無根の噂たちだった。

『杉田先生と村瀬先生が、昨日資料室でやってたんだって』

『杉田先生が村瀬先生を誘ったらしいよ』

あることないことに尾ヒレがついて、最終的に若い女であり一番立場が弱い私のせいとなっていた。

村瀬先生も保身のためか、否定するどころか自分は被害者だと言い出し、私は問題教師のレッテルを貼られた。

「否定しても誰も信じてくれなくて、守ってもくれなくて。ほかの先生からは軽蔑されたうえに、生徒からもからかいの対象にされて……心が折れちゃったんです」

味方なんて、どこにもいなかった。

『これだから若い子は……あなたみたいな人、教師になる資格なんてないわ』

上司や同僚の冷たい目。

『知ってる？　杉田先生みたいな人のこと、インラン教師って言うんだって』

『やだー、そんな先生の授業なんて受けたくないでーす』

生徒たちの笑い声。

あんなにも必死になって掴んだ夢も、いとも簡単に崩れて消えた。

最終的には話を聞きつけた保護者からクレームが入ったことで、私は自主退職を勧められて、それをのむしかなかった。

「学校にいられなくなって退職することにして……冬子さんにも連絡した。そのときの冬子さんの落胆した声が、忘れられないんです」

私は電話越しに、退職することを伝えた。もちろん詳しいことは言えなかったけれど、辞めると言った私に冬子さんは深くは問い詰めなかった。

『そう……仕方ないわよね』

返ってきたのは、ただその落胆した声だけ。

それを聞いた瞬間、情けなさと罪悪感が込み上げた。

「冬子さんたちは、本当の子供でもない私に、お金と時間をかけて育ててくれた。なのに私は、期待に添えず失望させた……そんな自分が悔しかった」

話しているうちに、また泣いてしまいそうだ。

背中を向けたまま俯《うつむ》く私に、それまで黙っていた清貴さんが声を発する。

「……俺との結婚を受け入れたのは、そういうことか？」

ぼそっと彼が問う、そのひと言に胸の奥が痛んだ。

清貴さんに嫌われるかもしれない。失望されるかもしれない。

……だけど、嘘はつけない。

私は彼を見ることなく、小さく頷いた。

「結婚の話を聞いて、なるようになれと思ったのも事実です。だけど一番は……安心した」

結婚という、自分の人生をかけた大きな決断。

それを受け入れられた理由は。

「これでやっと、冬子さんたちの役に立てる。がっかりさせないで済む、って」

そう、安堵したから。

冬子さんたちに引き取られてからずっと、幸せだった半面、どこか心の奥で負い目を感じていた。

いいのかな、こんなに幸せで。私は本当の子じゃないのに、って。

だからこそ、立派な社会人になって安心させたかった。

この子を引き取ってよかったって思ってもらえるような存在になりたかった。

それができなくなってしまった私が選ぶ道は、結婚しかなかったから。

「私は、清貴さんとの結婚を逃げ道にしたんです。それは冬子さんたちのためじゃない、自分の罪悪感から逃れるために選んだ道なんです……」

どんなに前向きな言葉を発しても。綺麗事を並べても。結局はすべて自分のためでしかなかった。

最低な、自分。

この言葉を口にして、嫌われても引かれても当然だって思う。……だけど。

「なのに……今、あなたに嫌われることが怖い」

清貴さんには、知られたくなかった。離婚されたら杉田屋が、とかそういう気持ちよりも、彼との日々をなくしたくなくて。

本当の気持ちを言葉にすると同時に、涙がポロポロとこぼれ出す。

すると清貴さんは座ったまま私の体をそっと持ち上げ、お姫様抱っこの形で抱き寄せた。

「どうしてそんなに、自分のことばかり責めるんだ」

「え……」

「幼いうちに親を亡くしたきみが、大人に頼り育ててもらうのはおかしいことじゃない。負い目を感じることなんてないだろ」

それは、私を肯定する言葉。

「彼のことも、好意を押しつけた相手が悪いし、長い人生の中で仕事を辞めることがあってもいい」

清貴さんはそう言って、私の頬に手を添え、涙を拭う。

「逃げ場にしたっていい。それでも俺は、春生と結婚できてよかった」

私と、結婚できてよかった……なんて、どうしてそんな優しい言葉を言ってくれるの？

驚きと嬉しさと心苦しさで、いっそう涙がこぼれる。

「なんで……そんな優しいこと言うんですか」

「俺は、春生と過ごしてあたたかさを知ることができたから」

「え……？」

私と、過ごして……？

「さっき春生に手を払われて、以前自分が春生を拒んだときのことを思い出した。相手に拒まれることはこんなに悲しいんだな」

それは、結婚したばかりのあの日……私がたまらず家を飛び出したときのことだろう。思い返すように、彼はその目を細める。

「なのに春生は、あの日も、そのあとも俺と向き合い続けてくれた。今もこうして、嫌われたくないと泣いてくれる……そんな春生のひとつひとつが俺をあたためてくれるんだ」

私の目をまっすぐ見つめる茶色い瞳は、嘘やお世辞を言っているようには見えなかった。私に向けて、一直線に思いを伝えてくれているのを感じる。

「大丈夫だ。誰も春生に失望なんてしない」

「でも……」

「冬子さんの落胆した声も、春生に対してだとは思えない。そうだな、俺が彼女だったら……なにも気づいてあげられなかった自分に、落胆するかもしれない」

自分に……。そんなこと、考えたこともなかった。

でもたしかに自分が冬子さんの立場で、我が子が夢だった仕事を辞めると伝えてきたら……なにも気づかず、なにもしてあげられなかった、自分の無力さに悲しくなるかもしれない。

そんな可能性が胸にひとつ浮かんで、ほんの少しだけ気持ちが晴れる。雲間から陽の光が差し込むような、そんな明るさを感じると、いっそう涙がこぼれ出した。

あふれて止まらない涙に、清貴さんはそっと頭を抱き寄せてくれる。

あぁ、そっか。ずっと、私は誰かにこうして肯定してほしかったんだ。

大丈夫。いらない子なんかじゃないよ。選んだ道は間違いじゃないよ、って。そう言ってほしかった。

今その言葉を与え抱きしめてくれる彼は、結婚という契約でつながっただけの人。

なのに、誰よりも近くで、理解してくれている。

その優しさがあたたかく愛おしい。
抱きしめる彼の腕の中で目を閉じると、柔らかな香りがすべてを包んでくれる。
温もりの中であふれる愛情。
これはきっと、家族としてのものではない。
ひとりの人として、異性として、彼自身に芽生えた愛情だ。
窓の外では、沈む夕陽が水面を眩しいくらいのオレンジ色に照らしていた。

躓く石も縁の端

あたたかな朝。

太陽の眩しさに照らされて、ほどよい温もりに目を覚ます。

朝……。

瞼を開けると、目の前には眠る清貴さんの顔があった。

き、清貴さん⁉　なぜ⁉

驚き声が出そうになるのをこらえて、横になったまま辺りを見回す。

そこは私の部屋でも、彼の部屋でもない。

そう、清貴さんの旅館の一室だ。

そういえば昨日は、清貴さんと話をしたあと、泣き疲れて眠ってしまった。

気づけば夜になっていて、せっかくだから今夜はここで過ごそうということになり、ごはんを食べたり映画を見たりしているうちに寝てしまったんだ。

そんな私をベッドまで運んでくれたのだろう。

見ると、その腕は私を抱きしめたまま。包むような温もりが、やっぱり嬉しい。

込み上げる愛しさから、私ははだけた浴衣からのぞく胸元に額を寄せた。

「……朝から積極的だな」

「え⁉」

その声に驚き顔を上げると、清貴さんが目を開けてこちらを見ていた。

お、起きていたんだ……恥ずかしい！

頬を赤らめる私を見て清貴さんは小さく笑う。

「朝起きてすぐ目の前に春生がいるなんて不思議な感じだ」

「……ちょっと恥ずかしいですね」

「そうか？　俺は嬉しいけど」

ストレートに言って、私の額にそっとキスをする。

甘い空気にますます恥ずかしくなり、全身の熱が上昇した。

清貴さんは横になったまま時刻を確認する。ベッドサイドのテーブルに置かれたスマートフォンに表示される時刻はまだ朝の六時前だった。

彼は少し眠そうにスマートフォンを置くと、そのままこちらへ手を伸ばし、私の下瞼をそっと撫でた。

「目元、少し腫《は》れてるな」

まだ鏡で自分の顔を見ていないけれど、たしかに目元がちょっと重い。

たしかに、昨日あれだけ泣けば腫れちゃうよね……。

「ひどい顔、してますよね」

「あぁ、なかなか」

「え⁉ そんなにですか⁉」

「嘘だよ。かわいい」

からかうように言われた、不意打ちの『かわいい』に胸がキュンと音を立てる。

もう、反則……！

ドキドキする胸を押さえる私に、清貴さんは気づかぬ様子で体を起こした。

「さて、これからどうする？」

「え？」

「昨夜春生が寝たあと、あの男から旅館に電話が入ってな。今日もう一度会って話がしたいって」

あの男って……村瀬先生だ。

昨日の姿を思い出すと、落ち着いたはずの心がまた乱れる。

「春生に聞いてから連絡する、とだけ伝えたけど、どうする？」

清貴さんの問いに、私は一度黙る。

……会うのは怖い。でも、そのままにしておくのもよくないってこともわかる。

それに、清貴さんのおかげで勇気も湧いたから。

私はその決意を表すように、彼の浴衣の袖をぎゅっと握る。

「一回しっかり話します。だから……ついてきてもらっても、いいですか？」

私の言葉に、清貴さんは私の手を強く握り頷いた。

「もちろんだ」

その短い言葉に、また勇気が湧いてくる。


それから清貴さんに、村瀬先生へ連絡をとってもらい、すぐに会う約束をとりつけた。今日午前中のうちに会い、そのあと清貴さんはまた仕事に出るのだという。

忙しい中、申し訳ないな……。

そう思いながらも、だからこそ今日しっかり話を終わらせなければと決意した。

私たちは旅館を出て、身支度のために一度家に戻る。

清貴さんがスーツを着替える間に、私はコンシーラーとアイシャドウで目元の腫れを隠し、しっかりとアイラインを引く。

逃げない、終わらせる。

何度も何度も心の中で繰り返して、家を出た。

清貴さんとやってきたのは、昨日村瀬先生と遭遇した駅の近くにある喫茶店。

平日午前という人の少ない店内、窓際の席で村瀬先生は待っていた。

「杉田先生……」

私を見た途端席を立つ彼に、思わず一歩後ずさる。

清貴さんはそんな私の肩を抱いて落ち着かせると、村瀬先生と向き合う形で席に着いた。

「朝早くからお呼び立てしてすみません」

「いいえ、今日にでも話をしたいと言ったのは僕ですし……昨日今日と、有給もとっていたので」

あまり寝ていないのだろう、疲れた顔をする村瀬先生に、私は冷静さを保ち口を開く。

「……昨日は取り乱してすみませんでした。今日は、全部終わらせるために話しに来ました」

終わらせる、とはっきり言い切るのを耳にして、村瀬先生はしゅんとした顔をする。

とりあえずコーヒーを三杯注文し、それらが運ばれてきてから村瀬先生が口を開いた。

「僕、ずっと謝りたかったんです。あのときは僕のせいで杉田先生がひとり悪者になってしまって……守れなくて、本当にごめんなさい」

今さら、としか言いようのない台詞《せりふ》を並べる彼に、返す言葉を選んでしまう。

ところが彼は突然腕を伸ばし、テーブル越しに私の手を掴んだ。

「けど、僕はあなたを好きだっただけなんだ！　周囲の評価の手前、本当のことはいえなかったけど……心の中では、僕はずっとあなたの味方だったんだよ‼」

「なに、言って……」

「その気持ちは今でもずっと変わらない！　僕はまだあなたのことが好きだ！　愛してるんだ‼」

テーブルから身を乗り出して、興奮気味に声を大きくする彼に、店内にいる人は何事かとこちらを見た。

そんな状況で彼を見ていると、恐怖心よりも徐々に冷静になっていく自分がいた。

この人は、なにを言っているんだろう。

心の中では味方だった？　そんなの意味がないのに。

まだあなたのことが好き？　私の気持ちとは一向に向き合わないのに。

謝りたい、なんて言いながら本当はそうじゃないんだ。

私が受け入れるまでずっと、自分の気持ちを押しつけていたいだけ。

あまりに身勝手なその言い分にだんだんと腹が立ってきて、掴まれた右腕の拳を握る。

そして思い切り振り払おうとした、次の瞬間。清貴さんが彼の腕を掴み、強引に引き離した。

「黙って聞いていれば、勝手だな」

口を開いた清貴さんに、私も村瀬先生も驚きを見せる。

「あなたはなんのために謝ってるんだ？　春生に許されるためか、自分の気持ちを軽くするためか、それとも……ただ春生に受け入れてもらうためか？」

「なっ……」

「自分は春生の気持ちと一切向き合っていないのに、自分の気持ちは受け入れてほしいなんて、ずいぶん傲慢だな」

いつもと変わらぬ無愛想な表情。けれどその目に怒りが含まれているのが感じ取れる。

「あなたは、彼女がどれだけ傷つき苦しんだかわかるか？　笑われ否定され夢を奪われ……どんな気持ちでここまできたかわかるか？」

力強い口調で言う彼に、村瀬先生は押し黙った。

清貴、さん……。

普段はクールな彼が、自分のことのように怒ってくれる。

なんて、優しい人なんだろう。

一方的に繰り返される〝好き〟の言葉よりも、自分を理解してくれている彼の言葉のほうがよほど愛を感じられる。

私はひとつ息を吸い込んで、声を発した。

「……どんなに謝られても、好意を伝えられても、私はまだあなたを許すことができません。ただあのとき、みんなに事実を言ってくれただけでよかったのに……って、思ってしまう」

例えば彼が、〝悪かったのは自分だった〟と周りに釈明してくれていたら、きっと結果は違っていた。私の居場所はまだあそこにあったかもしれない。

たったそれだけで、よかった。

でももう、どんなに願っても時間は戻らないから。

「でもいつか、〝あのときがあったから今がある〟って、そう笑い話にできたらいいって思ってます」

あのことがあったから、私は仕事を辞めて結婚に踏み切った。逃げた先であたたかな存在と出会えた。

つらかったことも今のための必然だった、といつか笑えたら、そのとき初めて彼を許せる気がした。

「ごめんなさい。この先もあなたの気持ちには応えられません。私には……大切な人がいます」

目を見てはっきりと言い切った。

それに気圧《けお》されるように、村瀬先生は顔を歪めて俯いた。

そして少し黙ってから「……すみませんでした」と小さく呟き、席を立った。

彼が店を出てふたりきりになり、どっと安堵が込み上げる。

終わっ、た……。

ほっとして、少しだけ心が軽くなった気がする。

「清貴さん、ありがとうございました。清貴さんがいてくれたから、向き合うことができました」

そう言って頭を下げると、清貴さんは私の頭をよしよしと撫でた。

「俺はなにもしていない。すべて春生の頑張りだ」

その声は、先ほど村瀬先生へ向けた強い口調とは真逆でとても柔らかい。

「よく頑張ったな」

優しい微笑みが胸をあたたかくしてくれて、つい泣きそうになってしまうのをぐっとこらえた。

「……よし、話も済んだことだし仕事に行くか」

「これから旅館のほうに入るんですか？」

「いや、これから支店巡回でな。そうだ、春生も一緒に来るといい」

清貴さんはそう言って伝票を手に席を立つ。

「来るといいって……私が行っても邪魔になるだけだと思いますけど」

「そんなことない。行くぞ」

なにを根拠に言い切るのかわからないが、私は彼に連れられるがまま車に乗って目的地へと向かった。

どこの支店へ行くのか聞いても、「着いてからのお楽しみだ」と詳しくは教えてくれない。

そして行く先もわからず車に揺られること三時間弱。

着いたのは群馬県の山奥にある温泉街……そう、私の地元である、伊香保《いかほ》温泉街だ。

「ここ……ってことは、巡回先ってもしかして」

「あぁ、杉田屋だ。先日新しい設備の導入と修繕箇所の補修が済んだそうで、その確認と現在の運営状況のヒアリングに来た」

そっか、杉田屋も支店のひとつになったんだもんね。だから私も一緒に連れてきてくれたんだ。

話しながら彼と一緒に温泉街を歩き、長く続く石段街の中腹にある、杉田屋の看板を掲げた旅館へと入っていく。

外観は以前と変わらず、歴史ある木造建築の三階建て。少し建てつけが悪かったはずの戸を横に引くとスムーズに開いたことに驚きながら建物へ入った。

「いらっしゃいませ……ってあら、春生ちゃん！　おかえりなさい！」

中に入ると、昔からの顔なじみの仲居さんが少し驚きながらも笑顔で出迎えてくれた。

「こんにちは。冬子さんいますか？」

「今呼んでくるわね」

仲居さんが奥へ向かうと、ほどなくして冬子さんが姿を現した。

「春生！　おかえり。名護さんがいらっしゃるのは聞いてたけど……一緒に来るなら事前に教えなさいよ、もう」

相変わらずの明るい声で言う冬子さんに、私も笑って応えようとしたところ、隣の清貴さんが先に口を開く。

「いえ、自分が連れてきたくて急遽付き合わせたんです」

「あら、そうだったんですか。……ちょっと春生、ずいぶんラブラブじゃないの。これは孫が見られるまでそう時間もかからなそうねぇ」

「ふ、冬子さん！」

小声で下世話なことを言う冬子さんに思わず顔を赤くして怒る。清貴さんは聞こえていないのか、あえて聞こえないフリをしているのか無表情のままだ。

「さっそくですみませんが、最近の状況はいかがですか」

「おかげさまで前年を大きく上回る客数で大盛況です。『あの名護グループの旅館なら』って期待を持っていらしてくださるお客様も多くて」

微笑む冬子さんがカウンターから取り出すのは、予約客のリストだ。表いっぱいに書き込まれた名前は、本日も満室であることを示している。

「それはなによりです。支配人も含めて、設備状況や数字進捗などの共有をしたいのですがお時間は大丈夫ですか」

「かしこまりました。奥へどうぞ、今主人を呼んでまいりますわね」

靴を脱ぎ旅館へあがる清貴さんに対し、私は靴を脱ぐことなくその場にとどまる。

「じゃあ、私は自宅のほうに行ってますね」

仕事の話にまでついていくわけにはいかない。

そう言って、私は旅館のすぐ裏手にある自宅へと向かった。

垣根に囲まれた、二階建ての一軒家。ここを出てからまだそんなに経っていないはずなのに、すごく懐かしく感じてしまう。

それくらい、清貴さんと暮らす家に馴染んできたってことなのかな。

玄関から室内にあがると、当然そこには誰もおらず、しんと静けさだけが漂っている。

廊下を通り、リビングを抜けて奥の和室へと入ると、壁際には小さな仏壇がある。

いくつかの写真が飾られる中には、若い夫婦……そう、私の両親の写真も並べられている。

「……ただいま。お父さん、お母さん」

ふたりに声をかけ、お線香をあげると手を合わせた。

両親が亡くなったのは、私が五歳のときだった。あまりに突然すぎて、事故があった日の前後の記憶はほとんどない。冬子さんが言うには『ショックが大きくて脳が当時のことを忘れようとしているのだと思う』とのことだった。

幼かったこともあって、ふたりの記憶も年々おぼろげになっていく。けど、優しかったことだけはいつまでもしっかりと覚えている。

お父さん、お母さん。私、お嫁に行ったんだよ。いろいろあったけど、今は幸せに過ごしてる。だから、安心していてね。

心の中で呟くと、顔を上げて立ち上がる。

二階に上がり突き当たりの部屋のドアを開けると、そこは私の部屋で、残していった荷物はそのままになっていた。学生時代に買った本すら一冊も捨てられていないことに、私の居場所を残してくれている家族の愛情を感じて嬉しくなった。

「ちょっと、空気入れ替えようかな」

窓を開けて、外の空気を室内に入れる。

なにげなく本棚へ目をやると、古びたテキストが数冊目に入った。

これ、私が学生の頃に使ってたテキストだ。

懐かしい気持ちでそれを手に取り、一ページずつ目を通す。

何度も何度も読み返し、端がボロボロになったテキストは、いたるところに書き込みがされ、お世辞にも綺麗とは言えない状態のもの。だけどそれが、あの頃必死に夢を追っていた自分を思い出させて夢中になって読み返した。

「春生」

名前を呼ぶ声に顔を上げる。

すると、開けたままだったドア口にはこちらを見る清貴さんの姿があった。

「あれ、清貴さん。もうお仕事のお話終わったんですか？」

「もう、といっても二時間は経ってるぞ」

「えっ⁉」

その言葉に驚いて手元の腕時計を見ると、たしかに結構な時間が経っていた。

テキストも気づけば五冊近く読んでいたようだ。

「冬子さんが勝手にあがっていいと言っていたから、あがらせてもらったが、まったく気づいてなかったな。これが泥棒だったらどうする気だ？」

「あはは、つい夢中になっちゃって」

清貴さんは、呆れたように言いながらも私の手元に目を留める。

「それは？」

「学生の頃使ってたテキストです。必死に勉強してたなって、懐かしくなって」

ふいに窓から入った柔らかな風が、一歩部屋に踏み込む清貴さんの髪をふわりと揺らした。

「そういえば、どうして春生は英語教師になろうと思ったんだ？」

「もともとは英語が話せるようになりたくて。それで勉強していくうちに自分の世界が広がるのを感じて、ほかの人にも教えてあげたいと思って教師を目指したんです」

最初は教師という形にこだわるつもりもなかった。そもそもの目的は、英語を話せるようになること、それだけだったから。

……そのきっかけを与えてくれたのは、おぼろげな記憶の中のひとつの出会い。

「英語を話せるようになりたいって思ったのは、子供の頃に見た夢がきっかけなんです」

「夢……？」

「夢の中で私は外国人の男の子と出会って、一緒にこの町を歩いて日が暮れるまで遊んでた」

それは、幼いときに見た夢。

夢の中で私は冬子さんたちのもとへ遊びに来ていて、この町でその男の子と出会った。

私より少し年上の子だったと思う。顔は覚えていないけれど、明るい色の目と茶髪が印象的だった。

不安げな顔で杉田屋の前に座っていた彼を見つけ、迷子かと思い声をかけたけれど、なにも答えてはもらえず、日本語がわからないのだろうと察した。

『おうちのひと、いないの？　そっかぁ、じゃあ、はながいっしょにさがしてあげる！』

私はそう言って、半ば強引に彼の手を引いて温泉街を歩き回った。

「彼と言葉は交わせなかったけど、一日中町を歩いて……最後にはロープウェイで山に上って、展望台から景色を見たんです。楽しかったなぁ」

話しながら私は、部屋の窓から見える山を指さす。そこは、温泉街からほど近いところに乗り場があり、ロープウェイを使って上ることができる。

清貴さんは私の隣に立ち、指の先を目で追った。

「あまりにリアルな夢だったから、もしかして現実でもその子に会ったことがあるかもしれないと思って冬子さんにも聞いてみたんですけど、『そんな子と遊んでたことなんてないわよ』って笑われちゃって」

ただでさえ私は、両親を亡くしてから一年近くの記憶が曖昧で、きちんと記憶があるのは六歳頃からだ。夢と現実の区別がつかなくてもおかしくない。

それでも時折、あの男の子のことを思い出した。

「夢の中なのに言葉が通じなかったことが悔しくて……もっと彼と会話ができていたら、自分が彼の国の言葉を話せていたら、もっと深く記憶に残せていたのかなって後悔した」

もっと彼のことを知れていたら、もっと自分のことを話せていたら。

そんな後悔が、『それなら今度会ったときには話せるようになっていたい』と、いつしか希望に変わっていった。

「だから、いつかまた夢の中で彼に会えたときには笑顔で言葉を交わしたい。そんな自分になるために、英語を学ぼうと思ったんです」

夢の中で出会った彼がきっかけをくれたんだ。

「なんて、夢の中で会った人に影響されたとは恥ずかしくて今まで誰にも言えなかったんですけど」

その存在を思い浮かべながらつい笑う私に、それまで黙って聞いていた清貴さんが口を開く。

「……けど、その彼との出会いがなければ、教師になることも、傷つくこともなかっただろ」

彼との出会いがなければ……たしかにそうかもしれない。

彼の夢を見たりせず、ほかの道を選んでいたら、きっとその先で出会う人も変わっていただろう。

誰かの行いに傷つくことも、絶望することもなかったかもしれない。

……だけど。

「たしかにそうかもしれないです。でも……さっき村瀬先生に言ったことと同じで、それがあったから清貴さんと過ごせる今があるんです」

あの日の彼との出会いも、抱いた希望も、それをなくしたときのつらさも。すべてが今の私の糧となる。

清貴さんの隣にいる、私につながっている。

「だから、私にとってはどんなことも無駄じゃないです」

笑った私に、清貴さんは少し呆気にとられながらも、小さく微笑む。

目を細めたその笑みはどこか泣きだしそうな切ないもので、どうしてそんな表情を……と問いかけようとした瞬間、彼はゆっくりと顔を近づけた。

懐かしい土地で感じる柔らかな風の中、揺れるカーテンに包まれてふたりそっとキスをした。

触れるだけの優しいキス。

ほんの数秒にも満たないその時間に、本当の夫婦になれた気がした。

恋には身をやつせ

清貴さんと交わした初めてのキス。

特別な言葉があったわけでも、抱きしめられたわけでもない。

だけどこれまでで一番、彼を近くに感じることができた。


もうすっかり梅雨も明け、からっと晴れたある日の午後。

私は自分の部屋でひとりぼーっとしながら、窓の外を見つめていた。

頭の中は、先日のキスのことばかりが巡っている。

清貴さんと、キス……しちゃった。

あれからもう三日経つというのに、未だに私はそのことばかり考えてしまう。

あのときは、キスをしてすぐに冬子さんたちがやってきて、私たちの間にそれ以上の会話はなかった。

それから冬子さんの提案でみんなで食事をとって……帰りの車内ではもうすっかり清貴さんはいつも通りの様子だった。

一方の私は、まだいつもの調子を取り戻せない。彼と一緒にいると緊張してしまうし、ひとりでいると思い出してにやけてしまうし……。

でもあのタイミングでキスなんて……どうしてしたんだろう。清貴さんも私のことを女性として意識してくれたってことかな。

考えるとまた緩んでしまう顔を両手で押さえる。

すると、ふいに部屋の隅に置かれた紙袋が目に入った。

「あれ、これなんだっけ……」

不思議に思いながら紙袋の中をのぞくと、そこには『伊香保名物　温泉まんじゅう』と書かれた箱が入っていた。

「あ！　そうだ、お土産買ったんだった！」

そう。群馬からの帰り道、旅館のみんなにお土産を買っていくという清貴さんに、せっかくなので周さんのおうちにも買おうと提案したのだ。

清貴さんは嫌そうな顔をしていたけれど……。

なのに、浮かれるあまり持っていくのをすっかり忘れていたなんて。

「よかった、賞味期限まだ大丈夫だ……すぐ持っていっちゃおう」

紙袋を手に家を出て、急ぎ足で宝井神社へと向かった。

宝井神社は、今日も多くの参拝客でにぎわっている。

周さんいるかな。

そう思い、辺りを見回すと、社務所の前を竹ぼうきで掃く周さんの姿を見つけた。

「周さん」

「春生ちゃん。こんにちは」

今日も穏やかな笑顔で迎える彼に私は小走りで近づいた。

「これ、先日私の地元に行ってきたときのお土産です」

「わざわざありがとう。いやー、『あいつにはいらないだろ』って嫌そうな顔をしながらも春生ちゃんのために渋々買ってくれる名護の顔が目に浮かぶ」

周さん……すごい、たしかにその通りだった。清貴さんの反応などお見通しなのだろう。

それをあえて楽しむように彼は笑って、私が差し出した紙袋を受け取った。

「あれ、春生ちゃんなんかいいことあった？　ご機嫌だね」

「えっ、そうですか？」

「そうそう。さては名護といいことでもあったね？」

自分では顔に出しているつもりはなかったけれど……やはり出てしまっていたのだ

ろうか。

しかも清貴さんとのこと、という点まで当てられて、恥ずかしさから頬を赤らめる。

でも夫婦間のことを下手に話すと、清貴さんは嫌がりそうだし、周さんは喜んでしまいそうだし……。

ほかになにか話題を、と視線を逸らすと、社務所で売っているお守りの中に、ガラス玉のキーホルダーが目に入る。

「あれ、これってこの前ありましたっけ」

「あぁ、この前は売り切れで、最近また入荷したんだ」

赤い組紐にガラス玉がくくられ、宝井神社の名が入ったキーホルダー。その形から思い出すのは、清貴さんが持っていたピンクのストラップだ。

「そういえば清貴さん、こんな感じのストラップを持ってたんです。意外ですよね」

「へぇ……あ、それってもしかして初恋の思い出ってやつ？」

「え？」

初恋の思い出、って……？

意味を問うように首を傾げる私に、周さんは話してくれる。

「子供の頃、出先で知り合った初恋の女の子からもらったんだって。その子のことが未だに忘れられなくて今でも大切にしてる、って前に酔った勢いで聞いたよ」

「そう、だったんですか……」

じゃああれは、清貴さんにとって大切な思い出だったんだ。だから私が触れたとき、あんなに拒んだのかな。

今でも大切にしているくらい、今でも清貴さんの胸にはその子がいるのかな。

その子とは連絡は取っていないの？　今はどう思ってる？

考えれば考えるほど、胸が締めつけられ痛んだ。


宝井神社を出て、ひとり家までの道のりを歩く。

行くときはあんなに軽かった足取りが、今はひどく重い。

どんな顔をして清貴さんに会えばいいか、わからなくなっちゃった。でも初恋の人の話なんて聞く勇気ないし……。

旅館の敷地を抜けて自宅へ向かおうとした、そのとき。ちょうど敷地内を歩いていた清貴さんと出くわした。

「春生。どうした、散歩か？」

「この前のお土産を周さんのところに持っていったところで」

正直に話してからはっとすると、清貴さんは案の定嫌そうに顔を歪める。

「あいつのところにひとりで行くなと言っただろ。土産も、今夜俺が持っていくと今朝話したはずだ」

「あっ、いえこれは、その！」

今朝の話はすっかり聞き逃していた。いかに自分が浮かれてぼんやりしていたのかがわかる。

けれど私の様子からなにもなかったことを察したのだろう。清貴さんは呆れてため息をついてから、ふと思い出したように言う。

「そうだ、ちょうどよかった。あとで一度家に戻ろうかと思ってたんだ」

「どうかしましたか？」

「仕事のスケジュール変更が入って、明日急遽支店巡回に向かうことになった。一泊で行くから準備を済ませておいてくれ」

明日、しかも泊まりでなんて大変だ。じゃあ、着替えとか諸々必要だよね。

「わかりました。シャツとか用意しておきますね」

「いや、俺じゃなくて春生の話だ」

「え？」

私？　出張なのにどうして？

この前は行き先が杉田屋だったから私も同行させてくれたんだろうけど……今回は違うはずだ。一緒に行ってもそれこそ邪魔になってしまうだけじゃないだろうか。

首を傾げている私に、清貴さんはそっと頭を撫でる。

「支店の者にも妻として紹介しておきたいからな。それに、仕事とはいえ、行くならふたりで行ったほうが楽しいだろ」

清貴さんにそう言ってもらえることが嬉しくて、私はふたつ返事で頷く。

ついさっきまで心の中はモヤモヤとした気持ちでいっぱいだったのに。それも一瞬で吹き飛んでしまった。

今その目は私だけを見てくれているんじゃないかって、期待する。


翌日。

清貴さんとふたり、車で一時間半ほどかけやってきたのは静岡《しずおか》県にある伊豆高原《いずこうげん》。

海沿いにある大きなリゾートホテルの前で車は停められた。

見上げるとそこは、レンガの外壁に、背の高い植物や置き物が並ぶバリ調のホテルだ。

ロビーにはラタン素材を主にしたソファやテーブルが置かれ、大きな窓からは木々の茂る中庭が見える。まさしくアジアンリゾートといった雰囲気だ。

「箱根の本館とはまったく雰囲気が違いますね」

「あぁ。ここもとは別の会社が運営していてな、杉田屋同様、買収してうちのグループに入ったんだ」

清貴さんはそっと顔を近づけて耳打ちする。

「ちなみに部屋はひとつしかとってないけどいいよな」

「え?……え!? 同じ部屋ですか!?」

「あぁ。この前も同じ部屋で一泊したし、構わないだろ」

たしかにそうだけど……でも、この前とはまた状況も違うというか。

意識してしまうといろいろ想像してしまい、顔がぽっと熱くなる。清貴さんはそんな私を見て笑った。

「じゃあ、俺はこれから支配人と話があるから。春生は自由に過ごしてくれ」

「はい。部屋に荷物置いたら館内を見て回ってますね」

「あぁ。終わったら俺も部屋に行くから、そしたら夕飯にしよう」

そんな話をして、ロビーで分かれようとした、そのとき。

「キーヨっ」

そう呼ぶとともに、突然ひとりの女性が清貴さんの腕に後ろから抱きついた。

黒いショートカットヘアに、健康的に焼けた肌。タイトなノースリーブワンピースがよく似合う華奢《きゃしゃ》なその女性に、清貴さんは眉ひとつ動かさない。

「茉莉乃《まりの》。相変わらず元気そうだな」

「うん、超元気！　経営も名護グループ様のおかげで絶好調だし！」

腕に抱きついたままピースをして笑う彼女に、清貴さんはそっと腕をほどいた。

そのタイミングでこちらを見た彼女と目が合う。

「キヨ、こちらは？」

「ちょうどあとで紹介しようと思ってた。妻の春生だ」

清貴さんが発する〝妻〟という響きがなんだかくすぐったくて、またにやけそうになる。

それをこらえてお辞儀をしようとしたけれど、一瞬目の前の彼女は真顔になる。

ん？　どうしたんだろ……。

その反応を不思議に思っていたら、彼女はすぐ再び笑顔を見せた。

「あー……あぁ、噂の杉田屋さんの娘さん？　これまたかわいい子捕まえたねぇ」

あれ、気のせいだったのかな。

考えすぎかも、と思い私は改めてお辞儀をする。

「初めまして、名護春生と申します」

「初めまして。私は名雪《なゆき》茉莉乃、このホテルのひとり娘で副支配人です」

にこりと笑って彼女が名刺を差し出す。それを受け取り見ると、『名護グループリゾート　NAYUKI伊豆高原　副支配人』の文字が並ぶ。

副支配人……若いのにすごい。でもたしかに、明るくはつらつとしていて仕事もできそうな印象だ。

感心していると、茉莉乃さんは「それにしても」と清貴さんを見てにやりと笑う。

「あの泣き虫キヨが結婚だなんて、未だに信じられないよねぇ」

「泣き虫？」

思わず声を出してしまう私に、清貴さんの顔は嫌そうに歪む。

「茉莉乃。余計なこと言うな」

「事実じゃん。人見知りで泣き虫だったかわいいキヨちゃん」

「支配人を呼んできてくれ」

清貴さんにジロリと睨まれ、茉莉乃さんは笑いながらその場を去った。

「人見知りで泣き虫……だったんですか？」

「……子供の頃の話だ」

知られたくなかったのか、清貴さんは恥ずかしそうに顔を背ける。

そうだったんだ……今の様子からは想像つかないなぁ。でも、泣き虫な幼い清貴さん、ちょっとかわいいかも。

「茉莉乃さんと仲いいんですね」

「あぁ。子供の頃からの付き合いだからな」

そっか、だから昔の清貴さんのことも知っているし、自然にあの距離感で話せるんだ。清貴さんも長い付き合いに加え、あんな感じの彼女相手なら話しやすいのかもしれない。

腕に抱きつく腕と、仲のいいふたりの姿を思い出して胸の奥がチリ、と痛む。

「じゃ、じゃあ私行きますね」

その感情を隠すように、私はその場を去った。

一度部屋に荷物を置き、それから特に目的もなくホテルの敷地内を歩いた。

本館と別館、庭園まで含めるとこのホテルはとても広い。屋外広場やハンモックガーデン、ガラス張りのリビングカフェなど一日中ゆっくり過ごせるようなスペースが数多くある。

緑に囲まれた庭園を歩き、端にあるガゼボでひと休みしようと足を止めた。

椅子に腰かけ空を見上げると、そよそよと吹く風に周囲の木々が揺れる音が心地よい。

清貴さんと茉莉乃さんは子供の頃からの付き合い、かぁ。

……ということはもしかして、彼女が昨日周さんが話していた初恋の人？

浮かんだ可能性が胸をチクリと刺す。

茉莉乃さんが初恋の……つまり、清貴さんにとって特別な人だとしたら……。

なんの確証もないけれど、否定できるものもなく、また心がざわめく。

苦しい。ほかの女の子に触れさせないでとか、私だけに笑ってとか、そんな独占欲が湧いてくる。

こんなこと思うなんて、私すごく嫌な人だ……。でも思ってしまうんだ。

「春生さん」

そのとき、ふいに名前を呼ばれた。

振り向くとそこには先ほどの彼女……茉莉乃さんがいた。

てしまう。
「ま、茉莉乃さん」
　つい今さっきまで彼女のことを考えていたところに本人が現れたので、つい動揺し
てしまう。
　茉莉乃さんはそれに気づいていない様子で笑顔で近づいた。
「キヨが仕事行っちゃって暇でしょ。私も、パパとキヨだけで話すからって追い出さ
れちゃったの。だから、女の子同士おしゃべりしない？」
　そう言って、茉莉乃さんも私の隣に腰を下ろした。
「とっても素敵なホテルですね。すごく広くてびっくりしちゃいました」
「でしょ。まぁ、それ故に維持費がかかりすぎて赤字になって、名護グループに買
収って形になったんだけど」
　これだけ立派なホテルなら、たしかに維持費もかかりそうだ、と納得した。
「清貴さんから、茉莉乃さんとは子供の頃からの付き合いだって聞きました」
「ええ。パパ同士が仲がよくてね、年に何回かは会ってたかな。そのたびに一日中遊
んでたの」
　懐かしむように言って、茉莉乃さんはふふっと笑う。
「たくさん遊んだし、いろんな話もした。キヨは子供の頃は今より髪も目も明るい色

でね。日本語があまりしゃべれなかったこともあって、周囲にからかわれることも多くて人に接するのが苦手だったの」

「そう、だったんですか」

そういえば、外国の子供は大人になるにつれ髪色や目の色が暗くなっていくと聞いた。清貴さんもそうだったんだ。

大人になればなんてことないことでも、子供のうちはそういった周囲とのささいな違いがからかいの対象になってしまうものだ。さっき言っていた人見知りというのもそこから来ていたのだろう。

こうしてまたひとつ彼のことを知ることができて嬉しい、はずなのに。

なにも知らない自分と、幼い頃から彼を知り尽くしている彼女との差を見せつけられた気分だ。

「そんなキヨも私の前ではよく笑ってくれてたし、キヨの心に一番寄り添えていたのは私だって自信もある。……だから、キヨと結婚するのは私だって疑わなかったんだけど」

急に真剣なトーンになる彼女の声に、ふと気づく。

「……あの、もしかして茉莉乃さんは」

『清貴さんのことが、好き？』なんてわざわざ聞くのは不躾《ぶしつけ》かもしれない。

そう思い、そこから先の言葉を濁していると、

「うん。私は、キヨのことが好き」

そう、自ら言い切った。

「あなたなんかより、ずっとね」

「え……？」

「だってそうでしょ？　たまたま選ばれただけでキヨと結婚できたあなたと、私のキヨへの思いを一緒にしないで」

笑顔のままの彼女から発せられるのは、清貴さんへの好意と私への敵意だ。

そこまで言われてようやく、先ほど茉莉乃さんが一瞬見せた真顔の意味がわかった。

「あなたなんて、結婚相手を探してたキヨのパパがたまたま一番最初に声をかけた旅館の娘だったたってだけ。キヨ自身に選ばれたわけじゃない」

――清貴さん自身に選ばれたわけじゃない。

わかっていたけれど、その言葉が鉛《なまり》のように重く心に沈む。

「キヨだって、キヨのパパの指示で断れなかっただけ。でもキヨ本人の気持ちはどう？　本当に幸せなのかしら」

「でも、私も清貴さんも夫婦として少しずつ……」

「そもそも、なにをもってキヨの妻と言えるの？　好きとか、愛してるとでも言われた？」

茉莉乃さんのその言葉に、それ以上の反論をのみ込んでしまう。

……だって、そんなことは言われたことがないと気づいてしまったから。

どんなに触れても、抱きしめてくれても、キスをしても……〝好き〟の言葉は聞けていない。

言葉に詰まる私に、茉莉乃さんは見透かすように笑う。

「その反応じゃ、言われたことすらないみたいね。そうよね、キヨは思ってもいないことを言うような人じゃないもの」

言葉にしないということは、心にも思いはないということ。

そう実感してしまい、ズキッと胸が痛んだ。

「しょせんお飾りの〝妻〟ね。彼の幸せを思うなら、身を引いて」

茉莉乃さんはそう言って立ち上がり、その場をあとにする。

遠くなる後ろ姿に、ひと言も出てこない。

……反論なんて、できない。

だってそうだ。私は杉田屋のために結婚話を受けただけ。清貴さんはお父さんからの指示と世間体のため。お互いの気持ちなんて最初からなかった。

本当は清貴さんには想う人がいたら？　初恋の相手である茉莉乃さんと一緒になりたかったのだとしたら？

一緒に過ごして彼の優しさを知った。だけど、それもただの同情や義務感から生まれた優しさなのかもしれない。

だとしたら、〝好き〟の言葉がなくとも納得できてしまう。

あのキスだってただの気まぐれだったのかも。なのに、浮かれていた自分が恥ずかしい。

ちょっと考えればわかること。でも彼との日々に疑いなんて持たなかった。

だって、信じたかったから。

政略結婚だろうと、始まりがどんな形だろうと、これから本物の夫婦になっていけるって。なっていきたいって。

その願いは、杉田屋のためでも冬子さんたちのためでもない。私自身のため。

私自身が清貴さんを好きだから、彼と夫婦になりたい。

私を見てほしい、私を求めてほしい。

『なにをもってキヨの妻と言えるの？』

妻としての、証がほしい。


それから数時間後。仕事を終えた清貴さんと合流し、レストランで夕食を済ませてから部屋へと向かった。

用意された部屋は、ふたりで泊まるには広すぎるほどのスイートルームだ。大きな窓からは先ほど歩いた庭園と青い海が見える。

大きなこげ茶色のソファにパープルやオレンジ色のクッションが印象的な、アジアンテイストのリビングルーム。テラスには卵型のハンギングチェアがふたつ置かれ、夜風に揺れる音が静かな室内にそっと響く。

奥にはベッドルームがあり、白いレースの天蓋《てんがい》と、室内を照らすオレンジ色の間接照明がムードのある雰囲気を演出している。

そんな中、入浴を終えた清貴さんは私のいるリビングルームへと戻ってきた。

「春生、待たせたな。風呂空いたぞ」

「はい」

ホテル内には大浴場もあるけれど、部屋の浴室からも外の景色が見えて素敵だというので、今夜はこちらに入ることにした。

大浴場は明日の朝のお楽しみだな。

そう思いながらなにげなく清貴さんを見ると、彼は白いバスローブに身を包んでいる。


い、色っぽくて目のやり場に困る……！

「私もお風呂入ってきちゃいます！」

その場から逃げるように、私は浴室へと駆け込んだ。

服を脱ぎ、足を踏み入れた浴室は湯気でくもり、あたたかな空気に包まれている。

縦長の窓から見えるのはホテルの裏側の森で、ライトアップされた木々が昼間とはまた違った顔を見せて綺麗だ。

湯船に浸かり、ほっとひと息つく。

けれど思い出されるのはやはり昼間の茉莉乃さんの言葉。

あれ以来ずっと考えてしまって、清貴さんと一緒にいても純粋に楽しめない。

せっかくの美味しい料理もまったく味わえなかった。

でも、どうしたらいい？　清貴さんの気持ちを知りたい、けど『私のこと好きですか？』なんて聞けるわけがない。

そんなことを聞いて、もし『好きじゃない』、『本当は結婚したい人がいた』なんて言われたら立ち直れない。

だけど言葉がほしい。揺らがない証がほしい。

私自身を見ているって、私のことを好いてくれているって、そう示す証明がほしい。そしたらこの不安も消えるはず。

……言葉を求めるのが怖いなら。行為で求めるしかない。それも勇気がいるし、怖いのは同じだ。だけど応えてもらえれば、それだけで安心できるから。

決意を固め、お風呂から出た私は、バスタオルで体を拭く。そして用意しておいた着替えには手をかけず……バスタオル一枚を巻いただけの姿で脱衣所のドアを開けた。

乾ききっていない髪から垂れる水滴が、点々と床を濡らしていく。

それすら気に留めずリビングルームを抜けベッドルームのほうへ行くと、ベッドの端に腰かけタブレットを手にする清貴さんがいた。

「……清貴さん」

「あぁ、出たか春、生……」

彼は顔を上げこちらを見ると、驚き言葉を詰まらせた。

「春生、どうした……？」

いつもはあまり感情が表情に出ない彼が、こんなにも驚きを見せるなんてめずらしい。

緊張の中、そんなことを頭では冷静に考えながら、私は清貴さんの前に立つ。

そして右手で、その肩をぐっと押した。

油断しきっていたのだろう。彼の体はいとも簡単に倒れ、私はその上に組み敷くようにまたがる。

「……抱いて、ください」

ぼそっと呟いた声に、その目はいっそう大きく驚く。

緊張する。声が、震える。

だけど今は、彼からの証がほしい。

多少強引でも、つながれるものがほしい。

「春生……?」

「私、清貴さんの妻ですよね。だから……あなたとのつながりがほしいんです」

まっすぐ目を見て言った私に、清貴さんは一瞬戸惑いながらも、私の腕を引く。

そして私の体を抱き寄せ、そのまま横に転がると私の上にまたがり、先ほどとは逆の体勢になった。

「そんなふうに煽《あお》って……後悔するなよ」

「しません……だから、抱いて」

茶色い瞳でじっと見つめながら、清貴さんは私の頬から首筋にかけてをそっと撫でる。

指先の感触がくすぐったくて、思わず「んっ」と甘い声が漏れた。

「……かわいいな、春生」

ささやく彼の息が耳元にかかりゾクッとした。

鎖骨をなぞるように撫でるその人差し指が、私の体を覆うバスタオルにかけられる。

どうしよう、緊張する。こんな形で、いいのかな。本当に、私がほしかった証は手に入るのかな。

覚悟を決めたはずなのに、ここまで来て揺らぐ自分の心が憎い。

大丈夫、怖くない、これで安心できるはず……。

思わずぎゅっと目を瞑《つむ》った、次の瞬間。

「……ごめん」

タオルを脱がされることはなく、代わりに降ってきた言葉に目を開けると、目の前には切なげに歪む清貴さんの顔があった。

「え……どうして、ダメなんて」

「悪い、できない。……風邪ひくといけないから、服着てこい」

清貴さんはそう言って体を起こし、背中を向けた。

「なんで……」

ダメ？　できない？　どうして……。

やっぱり、その心には彼女がいるから？

私は本物の妻にはなれない？

いくらそばにいても、笑っても、その心の中で私の存在は恋にはならない？

……どうして。

ポロ、と涙がこぼれ出す。

途端に自分がみじめに思えて、私は脱衣所へと戻る。そしてドアをバタンと閉じると、その場に座り込んで泣いた。

彼が言葉にしなくても、伝わってきてしまった。

私では、ダメだってこと。

どんなに優しい言葉をくれても、抱きしめても、キスをしても、それ以上はない。

だって私と彼は、心でつながったわけじゃないから。

互いのメリットのために、彼は相手が私じゃなくたって結婚した。私も、きっと同じ。

だけど、いつしか清貴さん自身に惹かれていた私はもうそれだけじゃ割り切れない。この切なさも焦りも涙も、清貴さんが好きだから。とどまることを知らずにあふれ出る。

……本物になんて、なれやしないのに。

全身の熱がさめ、肌が冷えていく。温もりが失われていくのを感じた。

一輪咲いても花は花

『また会おうね、約束だよ』

夕空の下、小さな町を見下ろして誓った約束は、今もまだこの胸に残っている。

屈託のない笑みを見せる彼女に、切に思った。

いつかまた会えるときには、胸を張れる自分でいたい。

彼女の手を自ら引けるような、そんな存在になっていたいと。


「……長、副社長！」

呼ばれた名前に、ふと我に返る。

見慣れた支配人室の中、目の前では困った顔の社員がこちらを見ていた。

「……悪い、考え事してた」

「大丈夫ですか？　こちら本社からの通達の確認お願いします」

「あぁ」

社員は書類を手渡すと部屋をあとにする。

ひとりになったところで、「はぁ」と自然にため息が出た。

またぼんやりしてしまっていた。手元の業務もまったく片付いていない。

仕事中にこれはまずいな。そうわかっているのに、一向に仕事に集中できない。

というのも、頭の中は春生のことでいっぱいで、気づくと彼女のことばかり考えてしまう。

一昨日、春生とともに伊豆高原にある支店へと行った。日中は各自過ごし、夕方に合流したときにはいつも通りに見えた。

……いや、少し元気がないようにも思えたけれど、大丈夫かとたずねても『なにがですか？』と笑って流されてしまったものだからそれ以上は問えなかった。

ところが、その夜。風呂から出た春生は突然バスタオル一枚で現れて……。

『……抱いて、ください』

春生の少し緊張した面持ちと、間接照明に照らされた白い肌。タオルの下に隠れた小さな体。

それらが脳裏によみがえり湧き上がる感情を抑えるように、俺はデスクに頭を打ちつける。

考えるな、思い出すんじゃない、俺……！

正直、すごく正直に言うと、あのときあのまま春生に触れてしまいたかった。

夫婦なんだ、そういう行為があってもおかしくない。けれど、あの場でするのは違うと思ってしまった。

あんな震える声で、こらえるように目を瞑られたら。どう見ても、春生が無理をしているのは明らかだったから。

実は、この結婚生活の中で、彼女には言っていないことがふたつある。

ひとつは、俺と春生はあの顔合わせの日が初対面ではないということ。

俺たちは幼い頃に一度だけ会ったことがあるのだ。

そのときの印象だけで、大人になった彼女を知らないまま見合いの日を迎えたけれど……およそ二十年ぶりに彼女を見て驚いた。

赤い着物がよく映える白い肌、ぱっちりとした愛らしい目、コーラルに塗られた小さな唇と、俺より三十センチは背が低い小柄な体。どれをとっても魅力的だったからだ。

そんな見た目はもちろん、明るい性格もかわいらしく、彼女となら結婚したいと一瞬で心は決まった。

けれど、彼女は違うだろう。世話になった叔母たちのために本意ではない結婚をしたのだと思う。

それなら、なるべく負担をかけずに暮らせるようにしてあげたいと思った。

家事はしないほうが楽だろう、夫婦らしさを強要せず他人の距離感でいたほうが過ごしやすいだろう。そんな気持ちから、極力家事もさせず接点も持たないようにした。

春生からすれば、冷たくも感じたかもしれない。本当は俺も……彼女にもっと優しくしたかった、近づきたかった。

けれど〝もしも〟を思うと怖かった。もしも、彼女に拒まれたら。もしも、突き放されたら。

望まぬ結婚をした春生は、義務感で妻らしく接しようとしてくれているだけかもしれない。それを知ることが怖くて、距離をとった。

ところが、彼女はそんなことを望んでいなかった。春生は春生なりに、俺と向き合う道を選んでいた。そんな前向きでまっすぐなところにいっそう惹かれたんだ。

ささいなことに笑ってくれる。

『いってらっしゃい』と背中を押して、『おかえりなさい』と受け止めてくれる。

そんな春生に日に日に愛しさは増していき、ともに過ごす時間はあたたかく安心した。家という場所がこんなにも居心地のよいものだと、初めて知った。

『私は、清貴さんとの結婚を逃げ道にしてたんです』

初めて知った春生の本心は、彼女をいっそう愛しく思わせた。

俺の前ではいつも明るく振る舞いながら、本当はどれだけ寂しさや我慢、つらさを抱えていたんだろう。

そう思うと同時に、俺との結婚を逃げ道にしてくれてよかったと思った。逃げ道でもいい。もっと甘えてほしい。

春生があたたかさをくれたように、俺も彼女を包んであげたい。もっと幸せにしたい、もっと笑顔にしたい。

大切に思うからこそ、触れるのにも勇気がいる。けれど幼い頃の思い出を語り、俺との今を大切にしてくれている春生を見ていたら……抑えきれずにキスをしていた。

ここから少しずつ、戸籍上だけじゃない、本当の意味で〝夫婦〟になれると思っていた。

……けれど。

『あなたとのつながりがほしいんです』

その言葉とは裏腹に震えるその肩を見たら、それ以上触れることなんてできなかった。

大切にしたい。勢いとか雰囲気とかじゃなく、惹かれ合うように抱き合いたい。

……二十年越しの恋、だからな。

けれど、そのせいで春生を傷つけたのは明らかだ。

あの日、春生はしばらく脱衣所から出てくることはなかった。

俺がいては出づらいだろうと思い、俺は車に戻って仮眠をとって夜を明かした。

翌朝顔を合わせた春生は泣き腫らした目をしていて、痛々しかった。

帰り道もまともに会話もできず……そのまま一日が過ぎた。

今朝の春生は普通を装ってはいたが、無理をして笑っているのも明らかで、家の空気は重いまま。

どうすればいいのか……。

考えても答えは出ず、また深いため息が出る。

そのとき、仕事用のスマートフォンの着信音が鳴った。

「はい、名護です」

《お疲れ様でございます、フロントです》

フロントからの電話……来客か。今日はアポはなかったはずだが。

《ホテルナユキの名雪副支配人がいらしています》

「名雪……茉莉乃か。通してくれ」

つい先日会ったばかりのはずだが、どうしたのか。

少しすると、コンコンとドアがノックされた。「どうぞ」と声をかけるとすぐ開き、茉莉乃が顔を見せた。

「やっほー、キヨ！」

明るい声を発する茉莉乃は、幼い頃からの友人だ。元気がよく人懐こいところが接しやすく、人付き合いが苦手だった俺もすぐ打ち解けられた。

「どうした？　一昨日会ったばかりだろ」

「今日は仕事のついで。この近くのホテルで食事会があったから」

言われてみれば、彼女は黒いレースのワンピースにパールのネックレスと、たしかによそ行き用の服装だ。

俺はデスクから立ち上がり、彼女のほうへ近づいていく。

「この前は世話になったな。前日に決まったのにいい部屋を用意してもらえてありがたい」

「どういたしまして。春生さんも楽しんでくれた？」

「……そうだな」

春生の名前に、ついぎこちない返事で頷いた。

そんな俺の反応に茉莉乃はふっと笑ってみせる。

「ごめんね、意地悪言った」

「え？」

「キヨたちが帰る日、春生さんが泣き腫らした顔してるのを見かけたから。喧嘩でもしたんだろうなって、わかってて聞いた」

……見られていたか。あの春生の顔を見れば、なにかがあったと予想がついてしまうだろう。

「……喧嘩、というものじゃないんだけどな」

ぶつかることすらしていない、そんな俺たちの間ではまだ喧嘩ひとつすら生まれない。

いっそ気持ちをぶつけ合い、思っていることを伝え合えたなら。春生の気持ちも、行動の意味も簡単に知ることができるのに。

「ねぇ、春生さんとうまくいってないんでしょ。だから政略結婚なんてやめておけばよかったのに」

「……茉莉乃には関係ないだろ」

長い付き合いの相手とはいえ、春生とのことまで踏み込まれたくなくて、俺は茉莉乃に背中を向けた。

そのときだった。伸びてきた細い腕が、俺の体に後ろからぎゅっと抱きつく。

「……茉莉乃……？」

突然のことに驚き、体がこわばる。けれど茉莉乃は離す気配はなく腕に力を込めた。

「今からでも遅くないよ。私と結婚しようよ」

「え……？」

「なんで気づいてくれないの？　私は子供の頃からずっと、キヨのことが好きだったのに」

茉莉乃が、俺を……？

今まで微塵も気づかなかったその事実に、なんと言っていいかわからず困惑してしまう。

「彼氏だって何人もいた。けど、誰と付き合ってもキヨといるときの高揚感とは違くて……やっぱりキヨが一番好きって思う」

華奢な指先がスーツに皺をつけるほどの力でしがみつく。

けれど俺は、茉莉乃に対して友人以上の気持ちを抱いたことはない。心苦しいけれどそれをきちんと伝えようとした。

「……私の言葉なんかに揺れるような子は、キヨにふさわしくない」

しかしそれを聞いて、俺は彼女の腕を振り払い、体の向きを変えるとその両肩を掴む。

「春生になにか言ったのか⁉」

「え？　あ……」

ここまで俺が反応するとは思わなかったのか、茉莉乃は戸惑い一度口ごもる。

けれど観念したように口を開いた。

「だって……納得いかない」

「納得？」

「私のほうがずっと前からキヨのこと見てた！　なのになんで、あんな子がキヨと結婚できるの⁉」

泣きそうな顔で声を荒らげる、その表情はいつもの笑顔とはまったく違う。

幼い頃からの付き合いだというのに、初めて見る顔だ。

「キヨだって親の言いなりになる必要なんてないんだよ⁉　大人なんだし、自分の意思で相手を見つけたって……」

その言葉は、俺のためを思って言っているのか、だから自分にもチャンスをという意味で言っているのかはわからないけれど……ひとつ大きな誤解をしているのは明らかだ。

「俺は、自分の意志で春生を選んで結婚した。春生といたくて、一緒にいるんだ」

「え……？」

それは、春生にまだ言っていないことのふたつめ。

父親から結婚を勧められたのは事実だ。けれど、だからといって誰でもよかったわけじゃない。

俺は自ら、春生を選んだんだ。

「詳しいことはまだ春生にも伝えていないから、茉莉乃にも言わない。けど、これだけは知っておいてほしい。俺は春生といられて幸せだ」

驚き目を丸くする茉莉乃に、俺はその肩からそっと手を離す。

「例えば、美しい景色を見たり、美味しいものを食べたりしたとき、茉莉乃ならどう思う？」

「え？　えっと……写真撮ってSNSにあげたり、友達に話したりするかな」

「俺は、まず春生に見せたいと思うし、春生と一緒に感じたいと思う。彼女ならどんな表情をするだろう、なんて言うだろうと考える」

景色も、美味しいものも、すべて彼女と共有したい。

「春生が笑ってくれるかもしれない、そう思うだけで幸せなんだ」

あの笑顔を思うだけで自然と笑みがこぼれてしまうくらい、心があたたかくなる。

この気持ちは、春生にだからこそ湧き上がるもの。

「だから、ごめん。茉莉乃の気持ちには応えられない」

目を見てはっきりと言い切る俺に、茉莉乃は俯く。そしてそれ以上の言葉はなく、駆け足で部屋を出ていった。

自分でも驚くほど、素直な言葉がこぼれた。ここまで誰かを愛しく思うことができる自分は、気恥ずかしくも嫌いじゃないと思えた。

けれど、話から察するにあの日の春生の焦りは茉莉乃になにかを言われたことが原因だったみたいだ。だとしたらなおさら、春生にきちんと話をしなければ。

そう決意を固めていると、

「みーちゃった」

聞こえたのは、からかうような不快な声。

この声は……と怪訝な顔でドアのほうを見ると、そこには周が顔をのぞかせていた。

「……なにをだ」

「なにをって、修羅場に決まってるじゃない。よっ、さすが色男！　モテるねぇ」

一部始終をのぞき見ていたのだろう。周はニヤニヤと笑ってひやかす。

「修羅場じゃない。そもそも、どうしてここにいるんだ。こっちは関係者以外立ち入り禁止だ」

「名護に会いに来たって言ったら、増田ちゃんが案内してくれたよ」

増田さん……余計なことを。

俺と周の付き合いの長さはここの従業員ももちろん承知しているから通したのだろう。だが今後は通すなと全員に言っておこう……。

「あの子、名護のこと好きだったんだ？　罪な男だねぇ」

「からかうな」

「いや、感心してるんだよ。あんな美人に抱きつかれて告白されておきながら、春生ちゃんへの愛を語っちゃうなんてさすがだなって」

本心なのか、皮肉なのか、周は笑いながら言う。

「そういうの、春生ちゃんにもちゃんと言ってあげればいいのに。記憶が戻るの待っってても、そのままじゃ伝わらないよ」

「うるさい。簡単に言うな」

「なにをそんなに渋ってるんだか……さっきの話から察するに、春生ちゃんとの仲、こじれちゃってるんでしょ？　余裕ないじゃん」

痛いところを遠慮なくついてくる。

周のいちいちからかってくるようなところはいつも癪《しゃく》に障る。けれど、こうして率直に言ってくれるのは正直嫌いじゃない。

「うかうかしてると奪われちゃうよ？　例えば、親身に相談に乗ってくれる優しいイケメン神主とかに、ね」

そう言って周は「じゃ」と部屋を出ていく。

親身に相談に乗ってくれる、優しい、イケメン神主……それが周自身のことを言っていると気づくと同時に嫌な予感がして追いかけるように廊下へ出る。

「待て、周！　お前、春生に余計なことするつもりじゃないだろうな‼」

「あははは」

「おいなんか言え‼」

廊下に笑い声を響かせながら周は足早に階段を下りていった。

これはなにかするつもりだ！

急いで周を止めなければと思うけれど、このタイミングで今度はプライベート用のスマートフォンが鳴る。

画面に表示されるのは未登録の番号。それを見て出ないわけにもいかず、足を止めて電話に出た。

くそ、タイミングが悪い。余計なことするなよ、周……！

「はい、名護です」

《お世話になっております。『ジュエリーショップ ステラ』でございます。ご注文いただいておりましたお品物のご用意ができまして――》

その電話の相手に、俺は相づちを打ち、用件を済ませて電話を終える。

……そうか、用意できたか。

春生にきちんと話をするのに、いいきっかけになるかもしれない。

そう覚悟を決めると、俺は一度部屋に戻ってから荷物を手に部屋を出た。

まだ春生に言えていないこと、胸の中の気持ち。全部話してしまえばいいとわかっている。けれど、彼女が忘れている記憶を掘り起こすことが怖い。

春生にあの日のことを思い出してほしいと思う半面、それが彼女にとっていいことだとも言い切れない。

『子供の頃、春生と会ったことは春生には黙っていてほしいんです』

思い出すのは、見合いの直前に冬子さんが電話越しに伝えてきた言葉。

『実はあの日の夜、春生の両親は事故で亡くなって……そのショックで春生はあの日からしばらくの記憶が抜けてしまってるんです。それを思い出すことで春生がまたつらい思いをすることだけは、親としてさせたくない』

震える彼女の声からは、本当の親のように春生を大切にしているだろうことが感じ取れた。

『わかりました。……俺も、彼女に傷ついてほしくないですから』

大切にしたい、守りたい。

幼かった自分ではできなかったことだから。

相思相愛

よく晴れた日の午後、太陽が高く上った空を見上げる。

どんなに気分が憂鬱でも、今日も太陽は目に痛いくらい眩しく、バルコニーに干した真っ白なシーツを照らしている。

「いい天気……」

朝イチで干した洗濯物がすでにからっと乾いているのを確認して、私はそれらを家の中にしまった。

……今日も、気分は重い。

その理由は明らかで、清貴さんとのあの一件が未だに尾を引いているからだ。

伊豆高原で気まずい夜を過ごしたのは一昨日のこと。

ひと晩中泣き明かして、昨日はまともに会話もできなくて……今朝はなんとか平常心を装って接してみたけれど、清貴さんとの空気は重いままだった。

今でも頭に残る、あの日の清貴さんの声。

『……ごめん』

あんなふうに断られるなんて思わなかった。情けないやら恥ずかしいやら……それ以上に、悲しい。

やっぱり私は本当の意味で妻にはなれないんだと思い知ってしまった。

「……はぁ」

ため息をつき、パタンと窓を閉じる。

そうだ、清貴さんの寝室の換気をしておこう。

そう思い立ち入った部屋は、相変わらず物が少なく殺風景だ。

窓を開け、外の風を入れると、ふとサイドテーブルにあるストラップが目に入った。

まるで思い出を飾るようにひっそりと置かれたストラップに胸がチクリと痛む。

茉莉乃さんとの思い出の品を未だに大切に持っている。それだけで彼の本心は明らかだ。

『キヨ本人の気持ちはどう？　本当に幸せなのかしら』

茉莉乃さんの言葉がふいによみがえり、心がまた暗くなる。

私は、どうするのが正解なんだろう。

思わずそれを手に取り、手のひらにのせて見つめていると、ピンポーンとインターホンが鳴った。

誰だろ……増田さんかな。

この家を訪ねてくる人といえば増田さんくらいしか思いつかず、私は一階に下りて玄関のドアを開ける。

「はい」

するとそこには、増田さんではなく、周さんの姿があった。白いニットにデニムと、今日はめずらしく私服姿だ。

「周さん？」

「こんにちは。相手確認せずドア開けるなんて不用心だね」

「あっ、たしかに……」

油断しきっていた私に周さんは笑顔を見せる。

「でも周さんが訪ねてくるなんてめずらしいですね。どうしたんですか？」

「元気かなって思って。顔見に来た」

そう言いながら、その視線はなにげなく私の手元へ向けられた。

その先を追うように私も見ると、先ほど手に取っていたストラップを持ってきてしまったことに気づいた。

「あっ、これはその」

「それが噂の、名護の初恋の思い出だ」

「はい、そうなんです。初恋の……」

会話の流れで口に出そうとした。けれどそれと同時にぽろっと涙がこぼれ出す。

「あれ、なんで……すみません」

「ううん、いいよ。名護となにかあった？」

「なにかというか、私が勝手にいろいろ考えてしまって……」

平然とした態度を装いたいのに、しゃべるたび涙はポロポロとこぼれてしまう。

止まらない涙を手の甲で拭おうとする私に、周さんはそっとハンカチを差し出してくれた。

「ね、気晴らしにドライブ行かない？」

「え？」

「景色でも見て気分転換しながら、なにがあったか聞かせてよ。俺相手でも話せばすっきりするかもしれないし」

周さんのその提案に一瞬迷う。

けれどたしかに、このまま家の中にひとり残ってもあれこれ考えて泣いてしまうだけだ。気分転換に、いいかも。

そう思い頷いて、ハンカチを受け取った。

それから私は、周さんと一緒に宝井神社の裏にある周さんの自宅へ向かい、彼の愛車だという白色のＳＵＶ車に乗った。

そしてシートベルトを装着したところで、車は走り出す。

行き先もわからぬまま、助手席で揺られながら窓の外の景色を見つめた。

「で？　名護となにかあった？」

「清貴さんと、というか……」

前を見たまま問いかける周さんに、私は先日のことをひと通り話した。

清貴さんに茉莉乃さんという初恋の女性がいたこと。茉莉乃さんは清貴さんを好きで、彼女から確信をついた発言をされてなにも言えなかったこと。焦りから清貴さんに関係を迫り断られてしまったこと。

周さんは話が終わるまで、「うん、うん」と丁寧に相づちを打ってくれていた。

「それはまぁ……据え膳食わぬは、ってやつだねぇ。俺なら相手が友達の奥さんでも絶対食べちゃうのに」

「周さん⁉」

「うそうそ」

あはは、と笑い飛ばす彼の声に、重くなりかけていた車内の空気が少し軽くなった。

「でも名護はああいうやつだから。半端な気持ちで手出ししたりしないよね」

「でも……夫婦なのに」

「夫婦だけどさ。それって心の部分でつながってなきゃ意味ないでしょ」

心の部分で……？

それは、周さんからの言葉にしては少し意外だった。

「体でつながってから心をつなぐのもあり。だけど本当は、心がつながってから、体までつながりたいと思うんじゃないのかな」

「心が……」

「焦る気持ちもわかるけどね。信じるべきは茉莉乃さんって人よりも、大切な人の言葉なんじゃない？」

周さんのその言葉は不思議なほど自分の心にすとんと落ちた。

以前清貴さんは、私と結婚してよかったと言ってくれていた。私の本音を聞いたうえで、すべて受け入れ抱きしめてくれた。

それを忘れて、茉莉乃さんの言葉に不安を煽られて……『本物の夫婦になりたい』

と繰り返しておきながら、心でつながることができていなかったのは私のほうかもしれない。

そもそも私、清貴さんからはなにも聞けていない。初恋の人が本当に茉莉乃さんなのか、彼が今彼女をどう思っているのかも。

彼の気持ちと向き合って、自分の不安もきちんと伝えていれば違っていたのかもしれない。

怖くても勇気を出すべきだった。

ふと気づくと、車は高速道路を走っている。

「あれ……どこに行くんですか？」

「名護の初恋の人に会いに。どう？　知りたくない？」

「えっ？　初恋の人って……茉莉乃さんじゃないんですか？　ていうか、周さん知ってるんですか？」

驚きながらたずねるけれど、周さんは笑うだけでなにも教えてはくれずに車を走らせ続けた。

「あ、そうだ。名護には俺からメールしておいたから。春生ちゃんとお出かけしてくるって」

「えっ、大丈夫なんですか」

「黙って出かけるほうが絶対怒られるからねぇ」

今さらだけど……これはあとで清貴さんに怒られるやつなのでは。『周とふたりで会うなと言っただろ』と彼が眉を寄せるのが目に浮かぶ。

「でも、俺とふたりで出かけて怒るってことはそれだけ愛してるって証拠なんじゃない」

周さんが笑って言った、その言葉にたしかにと思ってしまった。

周さんって、ふわふわしているようで真面目なようで……本当に掴み所がない。

「……周さんの恋人になる人は、苦労しそうですね」

「そうかな？　こんなにいい男なかなかいないと思うんだけど」

「自分で言っちゃうんですね……」

周さんと話しているうちに、いつの間にか気持ちはすっきりとしていて、自然と笑えている自分がいた。

そして家を出てから数時間後……気づくと周囲の景色は見覚えのあるものに変わっていた。

「あれ、ここ……」

そう、そこは先日も清貴さんと来たばかりの私の地元。伊香保の温泉街だ。

「なんで、ここに」

「春生ちゃんの地元ってここだよね？　初めて来たけど趣あるねぇ」

周さんは駐車場に車を停めると、説明もなく車を降りる。私もそれに続くと、一緒に石段街へと出た。

清貴さんの初恋の人に会いに行くって言っていたよね。それでどうしてここへ？

あのストラップ、見覚えがあるとは思っていたけれど……もしかして私の地元のものだったりする？

わけもわからず周さんについていくと、ちょうど杉田屋の門の前では掃き掃除をする冬子さんの姿があった。

「あら？　春生じゃない。この前も来たばっかりなのにどうしたの？」

「僕が春生さんの地元を見たくて、無理言ってついてきてもらったんです。あ、初めまして。春生さんのご近所の宝井周と申します」

周さんはにっこりと笑って挨拶をし、冬子さんの手をきゅっと握る。爽やかな好青年の自然なスキンシップに、冬子さんは「あらー」と嬉しそうに頬を染めた。

「春生ちゃん、あのストラップのこと、おうちの人にも聞いてみたら？」

「あ、はい。冬子さん、これなんだけど」

周さんに促され、私はあのまま持ってきた清貴さんのストラップを冬子さんに見せる。すると冬子さんは少し驚いた顔をした。

「ずいぶん懐かしいもの持ってるじゃない。どこにあったの？」

「え……？」

「それ、子供の頃に春生が大切にしてたやつじゃない。いつの間にか見なくなってたからなくしちゃったんだと思ってたけど、まだ持ってたのね」

冬子さんの言葉に耳を疑う。

これ、私のものだったの……？

「たしかにどこか見覚えはあったんだけど……でも、全然記憶になくて」

「小さいときの話だからね。それにこれは春生がお母さんからもらったものだったから、無意識のうちに忘れようとしたのかも」

そうだったんだ。でも、清貴さんが持っていたこのストラップが私のものだったということは、もしかして……。

「ねぇ、冬子さん。私と清貴さんって、子供の頃に会ったことある……？」

胸に浮かんだひとつの可能性を口に出す私に、冬子さんは「えっ」と声を発した。

そして不安げに眉を寄せて私の肩を掴む。

「春生……もしかして、思い出したの？」

その問いに首を横に振る。

なにかを思い出したわけじゃない。けれど、そうだとしたら納得できる気がした。

冷静な私に冬子さんは少し安心した様子を見せ、肩から手を離すと話してくれた。

「昔、名護さんが親子で遊びにいらして……そのときに彼と春生はふたりで一日中遊んでたことがあったの。でもその日、名護さんたちが帰った直後に事故の一報が入ってきて」

「でも冬子さん、前に聞いたらあれは夢だって……」

「後日、春生に名護さんの話をしてもまったく覚えていなかったみたいだったから、事故の日の嫌な記憶として抜けてしまったと思ったの。無理に思い出させてフラッシュバックしてもつらいと思って、あの日のことはなかったことにしたのよ」

じゃあ、昔私が見た夢は現実だったんだ。

私に希望を与えてくれた夢の彼は……清貴さんだった。

「清貴さんは、そのことは……？」

「覚えてたわよ、春生のこと。でも私が春生には黙っていてほしいとお願いしたの。それを理解してくれて『俺も彼女に傷ついてほしくないですから』って言ってくれたわ」

だから清貴さんは、私と初対面のふりをしたんだ。

でも、それなら彼は今までどんな気持ちで私といたんだろう。

私があの話をしたとき、自分だけが覚えている思い出を夢だと言われてどんな気分だっただろう。

それでもなにも言わずにそばにいてくれた。彼の優しさを感じる。

ひと通りの話を終え、奥から呼ばれた冬子さんはその場をあとにした。

「せっかくだし、どこかで日帰り入浴でもしてこようかな。ってことで、またあとでね」

気をきかせてくれたのか、手をひらひらと振って歩き出す周さんを見送り、私は彼とは逆方向へ向かった。

陽の傾いた夕方の空の下、日中と比べ観光客の引いた細い道を歩き目指すのは、温泉街から少し外れたところにあるロープウェイ乗り場。

この時刻に乗る人は私以外におらず、貸し切り状態で標高九百メートルの降り場で下車した。

山道を少し登っていくと、らせん上の階段の上に展望台がある。

そこからは、温泉街をはじめこの辺り一帯の町を見下ろすことができ、大きな山々と広い空がパノラマのように広がっている。

子供の頃から何度も来ている、私のお気に入りの場所だ。

そうだ、あの日……お父さんとお母さんが亡くなった日。

私はたまたま冬子さんのところに預けられていて、そこで彼と出会ったんだ。

不安げな顔で、言葉を発することのない彼に少しでも笑ってほしくて、私は夢中でこの町を連れて歩いた。

そして夕方、彼とここで夕陽に染まる空を見て……。

「春生」

その声が現実に引き戻す。

驚き振り向くと、展望台の下にこちらを見る清貴さんがいた。急いでここまで来たのか、息が上がり少し苦しそうだ。

「清貴さん……？　どうしてここに？」

「周からメールがあったんだ。春生が実家に帰るって言うから送ってくるって……それで大慌てで追ってきたら杉田屋にいないから、もしかしたらと思って」

周さん、清貴さんにそんなメールを送っていたんだ……！

清貴さんは息を整えながら階段を上り、私の隣に立つ。

「仕事は、大丈夫なんですか……？」

「ちょうど用事で外に出ていたところだったからな。……春生が実家に戻ってしまうかと思ったら、どうしても引き留めなければと思ったんだ」

私のためにここまで来てくれたんだ。電話でもメールでも、いくらでも連絡手段はあったはずなのに。こうして直接、来てくれた。

その思いに胸がきゅっと掴まれるのを感じる。

「この前は、ごめん」

清貴さんはそう言って私に向かって頭を下げた。

「春生のこと、傷つけた。ただ、春生がなにかに焦っているのはわかったから、そんな理由でしてはいけないと思ったんだ」

……清貴さんはわかっていたんだ。私の心の中の、不安や焦りを。

わかったうえで、行為でごまかすのではなく止めてくれた。なのに、自分のことばかりでひとり傷ついていた自分が恥ずかしい。

「……私こそごめんなさい。勝手に不安になって……本当の妻って言える確証がほしくて」

「確証もなにも、春生は俺の妻だろ」

「わかってます。でも……清貴さんの初恋の人が茉莉乃さんなんじゃないのかなとか、私でよかったのかなとか、思ってしまったら止まらなかった」

胸の中の不安を正直に吐き出す私に、清貴さんはそっと手を伸ばし頬を撫でた。

「違うよ。俺の初恋の相手は茉莉乃じゃない。茉莉乃にも……気持ちには応えられないって、断った」

私の不安を拭うように、そうしっかりと言い切る。

「俺は子供の頃、見た目の違いで散々からかわれたり差別されたりしてきたから、人と接するのが怖かった。けどある日、それを気にせず話しかけてくれた子と出会ったんだ」

「それが……私？」

思わずたずねると、清貴さんは小さく頷く。

「人に接するのを避けていたせいで日本語もうまくなくて、なにも話せなかった。でも彼女はずっと話しかけて、笑いかけてくれた。たったそれだけのことが当時の自分には大きなことで、嬉しかった」

懐かしむように言う、その瞳は穏やかな色をしている。

「ふたりでここで夕陽を見ながら、彼女がストラップをくれたんだ。『笑顔になれるお守り』だと笑って。そのときようやく俺が言えた『ありがとう』のたったひと言に、彼女がいっそう嬉しそうに笑ったのを覚えてる」

目の前の清貴さんのまっすぐな目と、肌を染めていく夕日。それらを見ているうちに、だんだんと霧が晴れていくかのように記憶が鮮やかによみがえる。

あの日、不安げだった彼が一日を過ごす中で時折笑顔を見せてくれたことが嬉しかったこと。

もっと笑顔になってほしくて、この場所で、お母さんからもらったストラップをあげたこと。

『……ありがとう』

初めて聞いた彼のその言葉がとても嬉しかったこと。

『また会おうね、約束だよ』

そう誓って指切りをしたこと。

こんなに大切な記憶を、しまい込んでいたなんて。

一気にあふれる思い出に、涙が頬を伝って落ちた。

「あの日俺は、心の中で誓ったんだ。強くなろう、立派になろう、いつか再会した彼女の前で胸を張れる自分でいられるようにって」

清貴さんはささやいて、私の涙を指先でそっと拭う。

「俺がここまで頑張ってこられたのは、あの日の春生がいたからなんだ」

その胸に、ずっと私がいた。そのことがとても嬉しくて、いっそう涙があふれてくる。

「でも、最初の頃、私がストラップに触ったら、すごく怒ったじゃないですか……」

「あれは……なにがきっかけで春生の記憶がよみがえるかがわからなかったから。とっさに、慌ててきつい言い方になってしまっただけで」

泣きながらたずねた私に、清貴さんは申し訳なさそうに眉を下げて言う。

「思い出してほしいと思う気持ちと、思い出させたくない気持ちが混ざって、じれったかった。それくらい春生が、大切だったんだ」

すべては私を思ってのことだった。その言葉ひとつひとつから、彼の想いが伝わってくる。

「誰になにを言われても、俺は自分の意思で春生を選んだことを後悔しない」

「え……？　でも、結婚相手は清貴さんのお父さんが勝手に決めたんじゃないんですか？」

「いや。父親からの見合いの提案は何度もあったが、断っていた。けど杉田屋の名前を出されて、運命だと思って了承したんだ。初恋の思い出で終わるだろうと半ば諦めていたからな……運がよかったな」

そう言って清貴さんは小さく笑った。

「選んだのは子供の頃の思い出がきっかけだ。だけど、一緒にいるうちにどんどん愛しくなっていった。思い出を美化しているわけじゃない。今の俺の胸に、今の春生がいる」

「ごめんなさい、私、ずっと思い出せなくて……」

「いや、いいんだ。春生はなにも悪くない。それに……たったひとつだけ知っていてくれれば、もうそれでいい」

清貴さんはその言葉とともにそっと顔を近づけてキスをした。

一度目と同じ、触れるだけのキス。けれどその一瞬に彼の優しさや愛情、すべてが込められている気がした。

「好きだ、春生。あの頃から……今もずっと、きみが俺の光だ」

「あの日約束をくれた春生に、今度は俺が約束で返す番だ」

そう言って、その場にそっとひざまずく。そしてジャケットの胸ポケットから取り出したケースを私に向かって開いてみせた。

そこには大きなダイヤがついた、プラチナの指輪が輝いている。

「それ……」

「婚約指輪を渡してなかったからな。ちょうど今日できたところだ」

清貴さんはそれを手に取り、私の左手薬指にそっとはめた。サイズがぴったりのその指輪は、夕陽に照らされオレンジ色に輝く。

「ずっと一緒にいたい。だから、俺の妻になってくれ」

永遠を誓う言葉が、ふたりの心を強く結ぶ。

「私も……清貴さんが好きです。大好きです」

涙で濡らした顔で笑った私に、彼もそっと微笑むともう一度キスを交わした。

重なった唇から、ふたりの間に確かな愛情が伝うのを感じる。

唇を離し、互いに額を合わせて至近距離で見つめ合う。その目に自分の顔が映るのがくすぐったくて、ついまた笑ってしまった。

「あー、カップル発見」

　そのとき、突然聞こえた声に清貴さんとともに振り向く。

　そこには全身をほかほかとさせた周さんが笑ってこちらを見上げていた。

「周さん！　どうしてここに……」

「温泉出て杉田屋に戻ったら、仲居さんが春生ちゃんならきっと展望台だろうって教えてくれたからさ。仲直りしたかなと思って来てみた」

　周さんは言いながら、私の隣にいる清貴さんに目を留めた。

「あれ、名護ってばいつの間に来てたの？　あ、もしかして僕のメール本気にして急いで追いかけてきた？」

「お前な……なにもわざわざ春生をここまで連れてくることないだろ」

「えー？　だって結構深刻に悩んでたからさ。昔、酔った名護から初恋の子の話を聞いてた親友としてひと肌脱いであげようかなって」

　その言葉から、周さんは自分が口で説明するよりも私たちが顔を合わせて話したほうがお互いの気持ちが確実に伝わると考え、ここまで連れてきてくれたのだろうと察した。

「でもその様子だと無事仲直りできたみたいだし、感謝してほしいくらいだなぁ」

ニヤリと笑みを浮かべる周さんに、清貴さんは文句を言いたいけれど言えないといった様子で顔をひきつらせる。その表情に周さんはますます楽しそうだ。

「ってことで話も済んだし、春生ちゃん、僕とデートしながら帰ろっか」

「断る。帰りは俺が連れて帰る」

「遠慮しなくていいのに」

私より先に答えた清貴さんに、周さんは不満げに口をとがらせ踵《きびす》を返す。

「ま、せっかく結んだ縁なんだから大事にね。おふたりさん」

そしてそう笑って手を振ると、ひと足先にその場をあとにした。

「ったく、あいつは……」

「やっぱりいい人ですね、周さん」

「……まぁ、悪いやつではない」

認めたくはないけれど、と言いたげなその口ぶりに、私はつい笑ってしまう。

そんな私に清貴さんも小さく笑うと、そっと手を差し出した。

「帰ろう、春生」

「はい」

大きな手を取り、しっかりつないで歩き出す。

長い年月を経て結ばれた縁は、今この瞬間ふたりをつないでくれている。
いつか、緩み、ほどけかけてしまうこともあるかもしれない。
だけどそのたび、伝え合って抱きしめて、結んでいこうと心に誓った。

特別書き下ろし番外編

蝶々結び

『ずっと一緒にいたい。だから、俺の妻になってくれ』

夕陽に照らされる中、告げられたプロポーズ。

その言葉に頷き、私たちは本当の意味で夫婦になった。

すでに入籍も済ませ、生活をともにしている私たちの関係がなにか大きく変わるわけじゃない。

だけどたしかに、お互いの心が深い愛でつながった気がした。


あれから私は、一時帰国した清貴さんのご両親と会い、挨拶を済ませた。

ふたりともとてもにこやかで、緊張していた私が拍子抜けするほど和やかに時間が過ぎた。

それから数日経った、ある日の夜。

リビングのソファに座った私は、いくつものパンフレットを手に頭を悩ませていた。

ローテーブルの上には〝ウェディングプラン〟や〝ブライダルフェア〟などの文字

が書かれたパンフレットがいくつも並べてある。

「うーん……式場の種類が多くて悩ましい」

頭を悩ませているのは、そう、結婚式のこと。

清貴さんのご両親と会った際に結婚式の話が持ち上がり、本格的に準備を進めることになった。

たしかに、これまでは清貴さんとの生活に慣れることばかり考えていて結婚式の話は後回しだった。半年後には清貴さんのご両親も海外での仕事を切り上げ、正式に日本に戻ってくるとのことで、その時期を目安に結婚式をすることとなったのだ。

箱根近隣から都内まで、さまざまな結婚式場の資料を取り寄せてみたけれど……種類が多すぎてまったく定まらない。

もうかれこれ三日ほど、こうして頭を悩ませている。

「春生。風呂空いたぞ」

「あ、清貴さん」

彼の声に顔を上げると、清貴さんがタオルで髪を拭いながらリビングへ入ってきた。

「まだ悩んでたのか？」

「だって全然決まらなくて。清貴さんはどんなところがいいと思います？」

「俺は別に、どこでも構わないけど」

真剣に考えていることに対し、なんともそっけない返事を返され、私はぶすっと頬を膨らませる。

「そんな返事ひどいです。せっかくの人生に一度のことなのに」

「あ、いや違う。そうじゃなくて」

拗ねた私に、清貴さんは否定しながら隣に腰を下ろし、私の体をそっと抱き寄せる。

「どんな式場でもどんなドレスでも、春生なら絶対かわいいだろうって思うから」

「……そんな言い方ずるい」

「ずるいもなにも、事実だから」

そう甘くささやいて私の耳元にキスをする。その感触にゾクッと身が震える。

清貴さんは私のその反応を見逃すことなく顔を近づけて唇を重ねた。

「ん……」

触れて離れて、再び触れる。唇の隙間から入り込む舌が、絡まりながら口内をなぞる。

呼吸を忘れるほどの深いキスに脱力する体を、清貴さんはそっとソファに押し倒した。

柔らかなソファの上、清貴さんは私の上に覆いかぶさる形になる。

至近距離で、ボディソープの柔らかな香りが鼻をくすぐった。

「春生」

低い声で名前を呼んで、首元に顔をうずめる。その薄い唇が、首筋から鎖骨にかけて甘噛みするように口づけた。

「んっ、清貴、さん……」

無意識に漏れる甘い声に、清貴さんは小さく笑いながら私の服の裾から手を入れる。

そして私のお腹から胸元にかけてを指先で撫でた。……けれど。

これ以上は、ダメ……嫌じゃないけど、ダメっ……！

「だ、ダメー‼」

私はそう叫びながら頭上にあったクッションを手に取り、それで清貴さんの顔を押しのけた。

「ぶっ」という苦しそうな声とともに動きを止める清貴さんに、我に返った私ははっとする。

やってしまった……！

思い切りクッションをぶつけたせいか、その鼻は赤くなってしまっている。けれど清貴さんは怒ることなく冷静に体を起こした。

「あ、あの清貴さん……ごめんなさい……！」

「……いや、いい。悪かった」

さすがに今のは失礼だったかも、と半泣きで謝る私に、彼は怒りひとつ見せず、私の頭を撫でて立ち上がる。

「風呂、冷めないうちに入ってこい。俺は先に寝室に行ってるから」

「……はい」

そしてそれだけ言ってリビングをあとにした。

やってしまった……最悪だ、私。

清貴さんからすればありえないよね。

結婚して三カ月経つのに、未だに初夜を迎えていないなんて……！

そう。お互いに気持ちを伝え合ってから、毎日のように清貴さんの寝室で一緒に寝ている私たち。けれど、未だキス以上の行為はない。

というのも、いいムードになるたび、先ほどのように私が拒んでしまうから。

私も、まったく経験がないわけじゃない。大学時代にひとりだけ、彼氏はいたしその人との経験もある。

けれどそれも数える程度しかなく、さらにそれから五年近く時間が空いている。

そんな私が、恐らく経験豊富であろう清貴さんを満足させられるとは到底思えない。

私の経験値に期待なんてしていないだろうと思う半面、いざ行為に及んだときに『こんなものか』とがっかりされたくない。

そんなことを考えてしまい、いいムードになってもつい拒んでしまうのだ。

それでも清貴さんはいつも優しく、私の心の準備ができるまで待ってくれている。

このままじゃダメだって、わかってるんだけど……。


翌朝。

清貴さんを送り出した私は、ため息をつきながらキッチンで食器洗いをしていた。

頭の中は昨夜のことでいっぱいで、自然とため息が出てしまう。

「……はぁ」

いつまでも拒み続けていちゃいけないってわかってるんだけど。でもどうしても勇気が出ない。

でもこのままじゃ、さすがの清貴さんもいつか嫌気がさしちゃうかもしれない。

しゅん、と落ち込みながら食器洗いを終え、ダイニングに戻る。するとテーブルの上にスマートフォンが置かれたままなことに気づいた。

あれ、これ……清貴さんの仕事用のスマートフォン。忘れていっちゃったんだ。

これがないと困るよね、届けてあげよう。

そう思い、私はスマートフォンを片手に旅館へ向かった。

旅館の裏側から入り、敷地内を歩いていく。来たはいいけど、清貴さんが館内のどこにいるかはわからないし……増田さんがいれば渡してもらおう。

裏の従業員口から建物に入り、数名の仲居さんがせかせかと動く中、清貴さんか増田さんの姿を探す。

すると遠目に見えた中庭に、清貴さんの姿を見つけた。

あ、清貴さんだ。

「清貴さ……」

その名を呼ぼうとした。けれど彼の隣にはひとりの仲居さんがいる。なにかを話し込んでいるふたりの様子から、仕事の話だろうと思い、声をのみ込んだ。

見ると彼女は、スレンダーで背が高く、綺麗な顔立ちをしている。黒い髪をひとつに束ね、メイクも薄く決して派手ではない。けれど切れ長の目と口元のほくろが色っぽく、女性らしい艶やかさを漂わせている。

綺麗な人……あんな仲居さんいたんだ、初めて見た。

ついほれぼれと見つめていると、こちらに気づくことなくふたりは話を続ける。すると女性は清貴さんに顔をそっと近づけ、なにかを言い笑う。そんな彼女に清貴さんも小さく口角を上げて頷いた。

あれ、仲居さんにしてはずいぶん親しげな気が……。

「あれ、宮間《みやま》さんじゃん」

「わっ⁉」

そのとき、突然横からぬっと現れた姿に私は驚き顔を向ける。それは周さんで、目を丸くした私を見て彼はいたずらっぽく笑った。

「おはよ、春生ちゃん」

「周さん……どうしたんですか？　こんなところで」

「ちょっと名護に用があってさ。来てみたらちょうど春生ちゃんがいたってわけ」

話しながら、その目は再び清貴さんのほうへと向けられる。

「あの……今の、宮間さんって？」

「名護といるあの美人のこと。俺や名護の同級生なんだよね。東京に行ったって聞いてたけど戻ってきてたんだ」

清貴さんたちの同級生……？　そっか、だから親しげなんだ。清貴さんも同級生ということで気を許しているのかも。

そんなことを考えていると、周さんは言葉を続ける。

「彼女、高校時代有名人だったんだよ。美人で頭もよくて、気さくだから男子からもモテてさ」

「へぇ、すごいですね」

「ね。それだけでもすごいのに、おまけに彼氏はあの名護ときたらそりゃあ有名人にもなっちゃうよ」

へぇ、そうなんだ。そうだよね、清貴さんは学生時代からモテていただろうし、そんな彼の彼女となれば……って、ん？

清貴さんと付き合ってたってことは……もしや……。

「も、元カノってことですか……!?」

口をパクパクとさせながら青い顔で問いかけた私に、周さんはその反応が見たかったと言わんばかりに「あはは！」と笑った。

元カノが、この旅館で働いてるなんて……。しかもあんなに親しげに話して、笑って……！

「ま、あくまで元カノだからさ。気にしない気にしない」

「そ、そうですよね……終わったことを気にしていても仕方ないですもんね」

「そうそう。元カノが名護とたまたま同じ職場で働いていて、一日中顔合わせてて、仲良く話してるだけ！」

いや、そんな言い方されたら余計気にしちゃうんですけど……！

「……周さんって意地悪いですよね」

「あはは、褒めてる？」

清貴さんが性悪と言っていた理由が少しわかってしまった気がする。

「あら、奥様。周くんも。おはようございます」

するとそこに、増田さんが姿を見せる。

「増田ちゃん。あの子って最近入った子？」

「あー、宮間さん？　そうそう、短期で入ったんだけどよく働く子でねぇ。愛想もいいしよくできる子よ」

周さんの問いかけに、増田さんはそう話すとふいに声を潜める。

「ここだけの話、彼女シングルマザーらしいわ。離婚したばっかりで地元に戻ってきたはいいけど、実家に頼れなくてここで働いてるんですって。苦労人よね」

シングルマザー……そっか、子供のために。

働き口も限られているし、それで清貴さんを頼ったのかもしれない。そんな事情があるのに、ひとりで変に気にして……私、嫌な人だ。

罪悪感に襲われて、清貴さんに会う気分ではなくなってしまった。私は増田さんにスマートフォンを託すと、そのまま旅館をあとにした。

清貴さんの元カノ……綺麗な人だったな。

気にしちゃいけない、そう思いながらどうしても考えてしまう。

彼女はただ頑張ってるだけだってわかってる。でも元カノとあんなふうに仲良く働いてると思うとモヤモヤする……！

帰宅したリビングで、頭を抱えてソファに飛び込む。するとそのタイミングで、ローテーブルの上に置いてある私のスマートフォンが音を立てて震えた。

見るとそれは唯ちゃんからの着信で、どうしたんだろうと思いながら通話ボタンをタップする。

「もしもし……」

《あ、春生？　元気ー？》

電話越しに聞くその声は相変わらず元気がいい。

「どうしたの？」

《週末に大学のサークル仲間と箱根のコテージでバーベキューからのお泊まり会しようって話になってさ。そういえば春生もうちのサークルよく来てたし、バーベキューだけでもどうかなって》

大学のサークル……そういえば唯ちゃんは映画研究会に入っていたんだっけ。私も唯ちゃんに誘われてたびたび飲み会に参加したりしていた。サークルメンバーじゃないのによくしてくれた先輩も多かったし……久しぶりに会いたいかも。

「うん、行きたい」

《よし、じゃあ決まりね。時間はまたあとでメールするから》

用件だけを伝えると、唯ちゃんはすぐ電話を切った。

バーベキューかぁ……。こんな状況だし、気分転換にちょうどいいかもしれない。

清貴さんが帰ってきたら伝えて……宮間さんのことは、口出ししないほうがいいよね。

「はぁ……」

次から次へと、どんどん気がかりが増えていく。

そして迎えた土曜日。

私は車で迎えに来てくれた唯ちゃんと、家から二十分ほどのところにある、芦ノ湖沿いのコテージへとやってきた。

よく晴れた空の下、男女分かれて泊まるのだという二棟のコテージ前で、大きなバーベキューセットを先輩たちとともに囲む。

「はぁー！　絶景見ながらのビールは最高！」

そう言って缶ビールを飲み干す唯ちゃんに、先輩たちはおかしそうに笑った。

「相変わらずいい飲みっぷりだなぁ、唯」

「春生ちゃんも遠慮せず飲みな！　なんだったら今夜泊まっていってもいいからね」

「ありがとうございます」

こうして先輩たちと会うのは大学時代以来……数年ぶりだ。

相変わらず優しく接してくれる先輩たちに私も笑ってコップの中のお酒を飲む。

「いいなぁ、春生。毎日こんな景色見て過ごせるなんて羨ましい」

「うん。それに空気もいいし静かで過ごしやすいよ」

唯ちゃんとそんな会話を交わしながら、私もここに来た当初はこの景色に圧倒されていたことを思い出した。今ではすっかり見慣れてしまうくらい、この土地に馴染んでいるけれど。

先輩のひとりが、焼けたお肉をお皿に盛りながら思い出したように言う。

「にしても春生ちゃん、結婚したんだって？　新婚さんなのにいきなり誘ってごめんね。ご主人は大丈夫だった？」

「はい。楽しんでおいで、って」

「さすが、春生のイケメン旦那！　心広い！」

唯ちゃんの言葉に私は笑って応えた。

そう、今日のことを話した私に、清貴さんはすんなりと頷き、送り出してくれた。

『時間は気にせず楽しんでこい。泊まってきても構わないけど、心配だから連絡はするように』

そう言って頭を撫でてくれた手は優しくて、嬉しく思う半面、胸がきゅっと締めつけられた。

こんなにも大切にしてくれているのに私は……不安になってばかり。

あの日から数日経っても、私の頭には清貴さんのことや宮間さんのことがぐるぐると巡っていた。

……本物の夫婦なんだから、私自身いろんな面でもっと堂々としていられたらいいのに。

経験が乏しくても、そんなことじゃ嫌われるわけないって。元カノが現れたって、私たちの仲は揺らがないって。そう、強く言えない自分が情けない。

左手薬指に輝く、ダイヤのついた指輪を右手でぎゅっと握りしめる。

するとそのときだった。

「杉田？」

名前を呼ぶ声がひとつ響く。

どこか懐かしい声に顔を上げると、そこには黒のキャップをかぶった茶髪の男性の姿がある。

ひとり遅れてやってきた彼は、背が高く細身の体型に、やや切れ長の目をこちらに向ける。

その姿に、私は大きく驚いた。

「は、浜内《はまうち》さん⁉」

「やっぱり杉田だ！　うわ、久しぶりだなー！」

私の顔を見て嬉しそうに笑う彼を、先輩たちは一斉に囲む。

「おっ、浜内遅かったじゃん！　なにしてたんだよ」

「午前だけ仕事でさ。ダッシュで終わらせて、車飛ばしてきた」

「浜内、営業だっけ？　土曜まで仕事なんて大変だなー」

話しながら、浜内さんはなぜか自然と私の隣に立つ。

「なんで浜内さんがここに？　映画研究会でしたっけ」

「違うけど、こいつらに誘われてさ。そういう杉田こそ映画研究会だったっけ」

「いえ、私も唯ちゃんに誘われて……」

「そっか」と頷く浜内さんに、私は少しぎこちなく目を逸らす。そんな私の態度を見て、彼は不満げに顔をのぞき込んだ。

「なんだよ、そっけないな。せっかく元カレに再会したっていうのに嬉しくないのか？」

「なっ！」

その話題に触れないこともできるのに、浜内さんはあえて口にする。

それを耳にした先輩たちは一斉にざわめいた。

「えっ、春生ちゃんと浜内って付き合ってたの!?」

「あれ、お前ら知らなかったっけ。俺と杉田、あーんなにラブラブだったのに。な、杉田」

「はは……浜内さんの浮気で別れましたけどね」

そうだ、この人はこういう人だった……！

ぎこちないのも、そのはず。彼、浜内晃平《こうへい》は私のふたつ上の先輩。

何事にも臆せずなんでもはっきり言う裏表のない性格で友達の多い人気者。

……そして、大学時代半年ほど付き合った私の元カレだ。

付き合ってほどなくして浜内さんが卒業し、連絡もあまり取れなくなったところで彼の浮気が発覚して別れた。

それ以来一度も会っていなかったのに……こんなところで会うなんて。

浜内さんはウーロン茶をコップに注ぎ口をつける。その姿に、そういえばお酒飲めないんだっけ、とあの頃のなにげない会話を思い出した。

すると浜内さんの切れ長の目は、私の左手薬指に留まる。

「あれ、それ……杉田もしかして、結婚したのか？」

その問いかけに私より先に唯ちゃんが答える。

「そうなんです。春生は人妻なんですから、手出しちゃダメですよ！」

「へぇ、人妻……そそる響きだよなぁ」

「浜内さん⁉」

そそるって！　なに言ってるんだか！

思わずつっこみを入れた私を守るように、唯ちゃんは肩を抱いて浜内さんから引き離す。

「ダメダメ！　春生はイケメン御曹司の旦那さんとラブラブなんだから！　ねっ、春生！」

「あ、あはは……」

ラブラブ、ね……。

初夜もまだで元カノの存在も引っかかっている。そんな状況でラブラブとは言い切れず、私は曖昧に笑って濁した。

そんな私を、浜内さんがなにか言いたげに見つめていた。けれど、ストレートに言葉を発する彼が少しだけ怖くて、その視線に気づかないフリをしてコップに口をつけた。

それから数時間が経ち、すっかり夜となった頃。

昼間から飲んで騒いでいたみんなはすでに酔いつぶれ、コテージ内で寝てしまっている。

私もそろそろ家に帰ろうかな。

せっかくだし泊まっていこうかなとも思ったけれど、清貴さんは明日も仕事だ。モヤモヤしていたって朝はちゃんと見送ってあげたいもんね。

まだ二十時だし、タクシーを呼べば来てくれるだろう。

そう思い、私はアルコールで火照《ほて》った顔を手であおぎながら、バッグを手にコテージを出る。

「杉田」

するとそこには、外灯の下で座る浜内さんがいた。

「浜内さん。どうしたんですか？」

「送る。帰るんだろ？」

私が帰る時間を察して、男子のコテージから出てきたのだろう。彼はそう言って車の鍵を見せた。

「でも……悪いですし、それに」

「それに？　元カレに送ってもらったなんて旦那に言えない？」

あえて濁していたのに、彼は遠慮なく口に出す。こういう自分と真逆なところは付き合っていた頃から少し苦手だ。

「大丈夫だって。今さら元カノに手出しするほど困ってねーよ。大手ＩＴ企業の営業部のイケメンエースだぞ」

「……はは、それはすごいですね」

「お前絶対思ってないだろ」

明らかな愛想笑いをする私に、浜内さんは呆れたように笑って歩き出す。

これ以上私が断っても譲らないだろう。私はお言葉に甘えて送ってもらうことにしてあとに続いた。

少し離れた先にある駐車場へ向けて、芦ノ湖沿いの静かな道を歩いていく。

少しの沈黙のあと、浜内さんが口を開く。

「なに、旦那とうまくいってないわけ？」

それは、昼間の会話から察したのだろう。なにか言いたげに見ていたあの視線はそのためだったのだと思う。

「うまくいってます。……ただ、私が勝手にいろいろ考えてるだけで」

浜内さんは一度足を止めて、黙って私を見つめた。『話聞くよ』とでも言いたげなその眼差しが、私が自ら話すことを待っているように感じられる。

……なんでもズケズケと言うくせに、こういうときは黙って話を聞いてくれる。

あの頃、こういうところが好きだって思ったんだよね、と懐かしい気持ちを思い出しながら、私は、ぽつりぽつりと清貴さんとのことを打ち明けた。

政略結婚で結ばれたこと、気持ちはお互いちゃんとあること。だけど自信が持てなくて、未だにキス以上に進めないこと。彼が元カノといたのを見ただけで不安になってモヤモヤしていること。

「結婚してるのに、妻は私なのに……ささいなことに不安になって、嫉妬して、そんな自分が嫌なんです」

清貴さんにも吐き出せない本音を、初めて口に出す。

浜内さんのことだ、『くだらない』とばっさり言われてしまうかも……。

「杉田にも、そういう気持ちってあったんだな」

「え？」

けれど、彼からの言葉は予想外のものだった。

私にも、って……？

意味を問うように浜内さんを見ると、彼は「だってさぁ」と言葉を続ける。

「杉田っていつも笑ってるじゃん。付き合ってたときも、いつもなんでも笑って受け止めて……俺はそんな杉田の笑顔が、逆に壁を作られてるようで距離を感じてた」

「え……」

「浮気がばれて別れるときですら、杉田は笑って『仕方ない』って言って……俺じゃ杉田の本音には触れられないんだなって、諦めた」

そう、だ。私は昔から、いつも笑顔でごまかすタイプだった。不満なとき、不安なとき、気持ちを口に出すことで嫌われたくなくて笑顔を作って隠していたんだ。

浜内さんの浮気を知ったときも、そう。社会人になった彼とまだ学生の私ではすれ違っても仕方ない。その心が離れても仕方ない。そう自分に言い聞かせるように、心の中で繰り返して笑ったんだ。

……だけど、清貴さんは違う。

笑顔なんかじゃ隠せない。仕方ない、では片付けられない。

不安に胸が押し潰されそうで、苦しくて、つらくて……こんな自分見せたくないって思う。だけど、弱く情けない私を受け止めてくれた彼なら、こんな自分も受け入れてくれるんじゃないかって信じたい気持ちもある。

「でも杉田にとって、旦那は違うんだろ。自信のなさや不安を笑顔でごまかせないくらい好きで、想ってて。そんな相手なら、ちゃんと向き合って大切にしろよ」

「浜内さん……」

「お前は俺が認めるくらいいい女なんだから、自信持て」

浜内さんはそう笑って言うと、私の頭をがしがしと撫でて励ましてくれた。

「……ありがとうございます」

そう、だよね。どんな気持ちも、隠していちゃダメだ。

自信がない、だからこそ伝える。

清貴さんと心で結ばれていると信じているからこそ。


それから浜内さんは家まで送り届けてくれた。旅館の裏側にある従業員駐車場に車を停め、わざわざ運転席から降りて助手席に回ってドアを開けてくれる。

「ここでいいのか？　家の前まで送るけど」

「いえ、ここのすぐ裏ですし。ありがとうございました」

話しながら助手席を降りた私に、浜内さんはふと思い出したように言う。

「そうだ、言い忘れてたことがあった」

「え？」

そして一歩近づくと私の頬を、そっと手を添えるように撫でた。

「……結婚おめでとう、杉田。幸せにな」

その言葉とともにこぼす笑みは柔らかく、彼が心から伝えてくれているのだと感じ取れた。

「浜内さん……」

その優しさに、私も笑って応えた……そのときだった。

「春生!」

突然響いた大きな声に振り向くと、そこにはスーツ姿の清貴さんがいる。こちらに向かって駆け寄ってきたと思ったら私の肩を抱き、浜内さんから引き離した。

「き、清貴さん! どうしたんですか?」

「帰ろうとしたところで姿が見えたから……」

清貴さんは私を見てから続いて浜内さんにジロリと目を向けた。

はっ、まずい。これは誤解してるんじゃ……!?

「清貴さん、こちら大学の先輩の浜内さんで、ここまで送ってくれて……」

「どうもー、杉田の先輩で元カレの浜内でーす」

ってまたそうやって余計なことを! 穏便に済まそうとしていたのに!

彼が自ら元カレと名乗ったことで清貴さんの眉がピクリと動くのを私は見逃さなかった。

「そうですか、妻が大変お世話になりました。ここからは自分が連れて帰りますのでどうぞご心配なく」

「はーい。じゃあ杉田、またな」

その状況を楽しむように笑いながら、浜内さんは手を振り車に乗るとその場を去っていく。

ふたりきりになったにもかかわらず、清貴さんは私の肩から手を離すことなく家に向かって歩き出した。

そして家に着き、リビングに入るまでの間ずっと無言のままだった。

「あ、あの……清貴さん？」

「大学時代の先輩と、とは聞いていたが、元カレが来るとは聞いてない」

「それは私も知らなくて……」

顔を背けたまま、スーツのジャケットを脱ぎソファに投げる。その様子から彼が怒っているのは明らかだ。

ああ、絶対怒ってる……。どうしようかと思うけれど、

「……自分だって、元カノと働いてるくせに」

思わず口をついて出た言葉に、それまでそっぽを向いていた清貴さんが驚きこちら

を振り向いた。

「なんでそれを……」

「この前たまたま見かけたんです。そしたら周さんが、彼女が清貴さんの元カノだって教えてくれて」

今度は私が拗ねたように、ぷいっと顔を背けると、清貴さんは困ったように髪をかいた。そして背後から手を伸ばし、私をぎゅっと抱きしめる。

「やましいことがないなら、言ってくれてもよかったじゃないですか」

「……言わなかったのは悪かった。けど彼女は離婚したてで実家に頼るのを渋っていて……気持ちの整理がつくまでという約束で短期で雇ったから、わざわざ言って春生を不安にさせたくなかったんだ」

彼女との間に心配するようなことはないだろうことは、清貴さんの真剣な声から察することができる。そんな彼にだからこそ、情けない本音も伝えようと決めた。

「増田さんから聞きました。でもそんな事情があって頑張ってる彼女にも嫉妬心を感じる自分が嫌で……余計、自信がなくなって」

そう言って私は体の向きを変え、清貴さんと向かい合う。そして正面から、彼の体を抱きしめた。

「でもそれくらい、清貴さんのことが好きなんです。清貴さんのことですぐ頭がいっぱいになって、笑ってごまかすことなんてできないくらい……大好きなんです」

清貴さんを思うと、幸せになれる。明るくも強くもなれる。だけどそれと同時に、ささいなことに不安になって、悲しくも弱くもなる。

それは全部、清貴さんのことを愛しく思うからこそ感じるもの。

「……春生」

すると清貴さんは、抱きつく私をそっと抱きしめ返す。

包んでくれるようなたくましい腕、頭を抱き寄せる優しい手。ひとつひとつが愛おしい。

「そんな春生の全部を見せてほしい。もっとわがままでいいし、感情的でいい。どんな春生も、丸ごと愛してみせるから」

耳元で優しくささやいて、至近距離で見つめ合う。

そしてゆっくりと顔を近づけて、唇を重ねた。

触れるだけのキスは、次第に角度を変えながら深さを増していく。

「ん……」

抱きしめる腕に力を込める清貴さんに、私もしがみつくように指先に力を込めた。

すると清貴さんは、そのまま一歩ずつ歩き出す。その足に従うようにして数歩下がると、背後にあったソファにゆっくりと押し倒された。

「……で？　あの元カレには春生のどんな顔まで見せた？」

「え⁉」

「自慢じゃないけど、俺も嫉妬心は強いほうでな。過去のこととはいえ、あいつが俺の知らない春生を見てると思ったら許せない」

清貴さんは独占欲にすっかり火がついてしまったようで、冷静に言いながらも首筋にキスをして私の胸元に手を添える。

「で、でもあの……その、私……清貴さんを満足させられるほどの経験がなくて」

勇気を出して、これまで拒んでいた理由も打ち明ける。けれど清貴さんは弱気な言葉をこぼす私の唇を再びキスで塞いだ。

「そんなのいらない。むしろ、染まっていないほうがかわいがりがいがあるだろ」

そんなひと言でいとも簡単に不安を拭って、私にそっと触れた。

そして幾度となくキスを繰り返してから私を抱き上げ、二階にある寝室へと連れていく。

柔らかなベッドの上、清貴さんは私の服を一枚ずつ剥いで肌にキスを落とした。

その舌が首筋から胸元へと下りて、敏感なところにそっと吸いつく。

「んっ……」

思わず漏れた声に、清貴さんは上目づかいでこちらへ視線を向けた。月明かりに照らされた彼に自分の表情を見られることが恥ずかしくて、思わず目元を手で覆った。

「やだ、見ないでください……恥ずかしい」

「嫌だ。隠さないで、もっと見せてくれ」

私の手を外し、ふっと笑う。

意地悪なその笑みに恥ずかしくなるけれど、心がくすぐられるのを感じた。

甘い声と吐息が混ざり合う中、清貴さんの長い指先が私の体を溶かすように愛撫する。そしてゆっくりと、私は彼を受け入れた。

「春生……」

つながりながら、清貴さんは苦しそうな表情で私の髪を撫でた。

「ごめん、春生……優しくできそうにない」

「清貴、さん……」

「ずっとお預けくらってたからな。自分でも思ってた以上に、余裕ないみたいだ」

その言葉通り、深く激しく腰を打ちつける。いつもは冷静で感情をあまり表に出さない彼の理性を取っ払ったような姿に、快感とともに愛しさが込み上げた。

身も心も清貴さんへの愛情でいっぱいになり、ほかのことはなにも考えられなくなる。

瞬間ひとつひとつが愛しくて、体の隅々まで幸福感で満ちていく。

「春生……好きだ、愛してる」

「私も……清貴さんのことが、大好きです」

何度愛の言葉を繰り返しても、伝えきれない。


——半年後。

二月終わりの、まだ寒さの続く凛《りん》とした空気の中。

多くの参列者でにぎわう宝井神社の境内には、もうすぐ春が訪れることを知らせるかのように梅の花が咲いていた。

白無垢《しろむく》に身を包んだ私は、その景色を控室からひっそりと眺める。

「春生」

かけられた声に顔を上げると、身支度を終えた清貴さんがこちらを見つめている。

彼は黒の紋付羽織袴を身にまとい、いつものスーツ姿とはまた違ったかっこよさがある。

「それにしても、春生が神前式を選ぶとは思わなかったな。しかも宝井神社で、とは」

「いろんな式場を見たんですけど……せっかくなら、縁結びの神様の前で誓いたいなって思って」

そう。一時はいくつもの式場を見て回ったけれど、結局私が最終的に選んだのは宝井神社での神前式だった。

清貴さんのお父さんいわく、後日会社関係の人を招いての大きな結婚パーティも行うそうなので、今回は身内や親しい友人だけを招いての挙式だ。

「周さんも快く引き受けてくれてよかったです」

「……神主とはいえ、周を目の前に愛を誓うのは俺からすると複雑だけどな」

苦笑いをする清貴さんに、私は「ふふ」とつい笑った。

「清貴さん。今さらですけど……私、清貴さんと結婚できて本当によかったです」

幸せを噛みしめながら伝えた気持ち。それを聞いて清貴さんは私を背後からそっと抱きしめる。

「俺もだ。春生に出会えたこと……これから春生と生きていけることが、本当に嬉しい。……それと、この子のために生きていけることも、な」

柔らかな声で『この子』と呼びながら、清貴さんは帯の巻かれた私の腹部を右手でそっと撫でた。

お腹に宿った新たな命。今日の日を見守る神様。祝福してくれる人々。

それらすべてに、約束しよう。

この先のどんな瞬間も、手を取り合い生きていくことを。

強い縁を結んだ、夫婦として。

END

あとがき

こんにちは、夏雪なつめと申します。

このたびは本作をお手に取っていただき、ありがとうございます。

政略結婚から始まり、夫婦となっていった春生と清貴のお話はいかがでしたでしょうか？

今作は、元タイトルの『蝶々結び』という響きから書き始めたお話でした。主人公とヒーローをどんなふたりにしようかと考えた際、ふとしたきっかけでほどけてしまいそうになる。だけどぎゅっと固く結ぶこともできる。そんな蝶々結びのようなふたりの関係性をイメージしました。

舞台となった箱根には、これまで二度ほど行ったことがあるのですが、初めて行ったときはまさかの土砂降りで……。車で片道三時間かけて行ったにもかかわらずどこも見られず、びしょ濡れになって帰ってきたという、ある意味印象深い思い出があります。（ちなみに昨年お天気のいい日にリベンジで行ってきました！　楽しかったです！）

これを書いている六月現在、世の中はまだまだ大変な時期ではありますが、いろいろなことが落ち着きましたら、また遊びに行きたいなと思っています。

今回もたくさんのお力添えをいただき、こうしてまた大切な一冊を生み出すことができました。

担当の井上様、編集協力の妹尾様。素敵なイラストを描いてくださった芦原モカ様。いつもお世話になっております編集部の皆様、そしていつも応援してくださる読者の皆様。本当にありがとうございます。

またいつか、お会いできることを祈って。

夏雪《なつゆき》なつめ

夏雪なつめ先生への
ファンレターのあて先

〒104-0031
東京都中央区京橋 1-3-1
八重洲口大栄ビル 7F
スターツ出版株式会社　書籍編集部　気付

夏雪なつめ先生

本書へのご意見をお聞かせください

お買い上げいただき、ありがとうございます。
今後の編集の参考にさせていただきますので、
アンケートにお答えいただければ幸いです。

下記 URL または QR コードから
アンケートページへお入りください。
https://www.berrys-cafe.jp/static/etc/bb

ベリーズ文庫

愛艶婚
～お見合い夫婦は営まない～

2020年8月10日　初版第1刷発行

著　者　夏雪なつめ
© Natsume Natsuyuki 2020

発行人　菊地修一

デザイン　カバー：北國ヤヨイ
フォーマット：hive & co.,ltd.

校　正　株式会社 鷗来堂

編集協力　妹尾香雪

編　集　井上舞

発行所　スターツ出版株式会社
〒104-0031
東京都中央区京橋1-3-1　八重洲口大栄ビル7F
TEL　出版マーケティンググループ　03-6202-0386
(ご注文等に関するお問い合わせ)
URL　https://starts-pub.jp/

印刷所　大日本印刷株式会社

Printed in Japan

乱丁・落丁などの不良品はお取替えいたします。
上記出版マーケティンググループまでお問い合わせください。
定価はカバーに記載されています。

ISBN 978-4-8137-0946-6　C0193

ベリーズ文庫 2020年8月発売

『愛艶婚～お見合い夫婦は営まない～』 夏雪《なつゆき》なつめ・著

小さな旅館の一人娘・春生は恋愛ご無沙汰女子。ある日大手リゾートホテルから政略結婚の話が舞い込み、副社長の清貴と交際0日で形だけの夫婦としての生活がスタート。クールな彼の過保護な愛と優しさに、春生は心も身体も預けたいと思うようになるが、実は春生は事故によってある記憶を失っていて…!?

ISBN 978-4-8137-0946-6／定価：本体640円＋税

『激愛～一途な御曹司は高嶺の花を娶りたい～』 佐倉《さくら》伊織《いおり》・著

フローリストの紬はどうしてもと頼まれ、商社の御曹司・宝生太一とお見合いをすることに。すると、初対面の宝生からいきなり『どうか、私と結婚を前提に付き合ってください』とプロポーズをされてしまい…!?　突然のことに戸惑うも、強引に新婚生活がスタート。過保護なまでの溺愛に紬はタジタジで…。

ISBN 978-4-8137-0947-3／定価：本体660円＋税

『堕とされて、愛を孕む～極上御曹司の求愛の証を身ごもりました～』 宝月《ほうづき》なごみ・著

恋愛に縁のない瑠璃は、ウィーンをひとり旅中にひょんなことから大手ゼネコンの副社長で御曹司の志門と出会う。彼から仮面舞踏会に招待され、夢のような一夜を過ごす。志門から連絡先を渡されるが、あまりの身分差に瑠璃は身を引くことを決意し、帰国後連絡を絶った。そんなある日、妊娠の兆候が表れ…!?

ISBN 978-4-8137-0949-7／定価：本体650円＋税

『エリート外科医の滴る愛妻欲～旦那様は今夜も愛を注ぎたい～』 伊月《いづき》ジュイ・著

OLの彩葉はある日の会社帰り、エリート心臓外科医の透佳にプロポーズされる。16年ぶりに会った許婚の透佳は、以前とは違う熱を孕んだ眼差しで彩葉をとろとろに甘やかす。強引に始まった新婚生活では過保護なほどに愛されまくり！「心も身体も、俺のものにする」と宣言し、独占の証を刻まれて……!?

ISBN 978-4-8137-0950-3／定価：本体660円＋税

ベリーズ文庫 2020年8月発売

『クールな騎士はウブな愛妻に甘い初夜を所望する』　立花《たちばな》実咲《みさき》・著

王女レティシアは、現王の愚かな策略で王宮内の塔に閉じ込められ暮らしている。政略結婚を目前に控えたある日、レティシアは長年想いを寄せている護衛騎士・ランベールに思わず恋心を打ち明けてしまい…。禁断愛のはずが、知略派でクールな騎士がウブな王女に、蕩けるほど甘く激しい愛を注ぎ込む…！

ISBN 978-4-8137-0951-0／定価：本体640円＋税

『平凡な私の獣騎士団もふもふライフ』　百門《ももかど》一新《いっしん》・著

不運体質なリズはある日、書類の投函ミスで王国最恐の「獣騎士団」に事務員採用される。騎士団が相棒とするのは〝白獣〟と呼ばれる狂暴な戦闘獣で、近寄るのもキケン。…のはずが、なぜか白獣たちに気に入られ、しかも赤ちゃん獣の〝お世話係〟に任命されてしまい…!?　モフモフ異世界ファンタジー！

ISBN 978-4-8137-0952-7／定価：本体650円＋税

『虐げられた悪役王妃は、シナリオ通りを望まない』　吉澤《よしざわ》紗矢《さや》・著

OL・理世は歩道橋から落っこちて自身が読んでいた本の中に転生してしまう。アリーセ王妃として暮らすことになるが、このままだと慕っていた人たちに裏切られ、知らない土地で命を落とす＝破滅エンドまっしぐら…。シナリオを覆し、ハッピーエンドを手に入れるためアリーセはとある作戦を企てて…!?

ISBN 978-4-8137-0953-4／定価：本体650円＋税

ベリーズ文庫 2020年9月発売予定

Now Printing

『前略、結婚してください～愛妻ドクターとの恋記録～』 葉月《はづき》りゅう・著

恋に臆病な病院司書の伊吹は、同じ病院の心臓外科医・久夜に密かに思いを寄せている。ある日ひょんなことをきっかけに彼に求婚され、交際0日で結婚することに！ 彼の思惑が分からず戸惑う伊吹だが、旦那様の過保護な溺愛に次第に溺れていく。「もっと触れたい」と夜毎愛される新婚生活は官能的で…!?

ISBN 978-4-8137-0962-6／予価600円＋税

Now Printing

『密約マリッジ』 水守恵蓮《みずもりえれん》・著

箱入り娘の泉水は、婚約破棄されて傷心の中訪れたローマでスマートな外交官・柊甫と出会う。紳士的な彼の正体は、どこまでも俺様で不遜な態度の魔性の男だった！ 「男を忘れる方法を教えてやる」と熱い夜に誘われ、ウブな泉水はその色気と魅力に抗えず、濃密で溺れるような極上の一夜を過ごし…!?

ISBN 978-4-8137-0963-3／予価600円＋税

Now Printing

『片恋成就～イケメン医師の甘い猛追～』 高田《たかだ》ちさき・著

恋愛経験ゼロの看護師・瑠璃は、十数年来、敏腕医師の和也に片思いしている。和也が院長を務めるクリニックに半ば強引に採用してもらうが、相変わらずつれない態度を取られる。しかし、和也の後輩であるイケメン医師が瑠璃に言い寄るところを見て以来、和也が豹変！ 独占欲全開で強引に迫ってきて…!?

ISBN 978-4-8137-0964-0／予価600円＋税

Now Printing

『極甘弁護士は逃げ腰ＯＬを捕まえたい』 美森萌《みもりめぐむ》・著

ウブなOLの夏美は、勝手にセッティングされたお見合いの場で、弁護士の拓海と再会する。しかも拓海からいきなり契約結婚を申し込まれて…。愛のない結婚のはずなのに、新婚生活では本当の妻のように溺愛されてドキドキ。ある夜、拓海の独占欲を煽ってしまった夏美は、熱い視線で組み敷かれて…!?

ISBN 978-4-8137-0965-7／予価600円＋税

Now Printing

『マイフェアレディの条件～極上男子のじゃじゃ馬娘～』 若菜《わかな》モモ・著

北海道の牧場で育った紅里は、恋愛経験ゼロ。見かねた祖父が、モナコ在住の宝飾店CEO・瑛斗に、紅里に女性らしい所作を身につけさせるよう依頼していて…。「君を俺のものにしたい」――レディになるレッスンを受けるだけのはずだったのに、濃密な時間を過ごす中で女性として愛される悦びも教えられ…!?

ISBN 978-4-8137-0966-4／予価600円＋税

タイトル、価格等は変更になることがございますのでご了承ください。

ベリーズ文庫 2020年9月発売予定

『俺様騎士団長に男装がバレるなんてありえません～この溺愛おかしくないですか?～』 藍里《あいさと》まめ・著

Now Printing

農家の娘・アリスは親に無理やり結婚させられそうになり村を飛び出す。行く当てもなく困っていると「王立騎士団員募集」のチラシが。アリスは性別を偽り男装騎士として生きていくことに。超俺様な騎士団長・ロイにおびえながらもなんとか訓練をこなすが、ある日ロイに裸を見られ男装がバレてしまい…!?

ISBN 978-4-8137-0967-1／予価600円＋税

『節約女子、異世界でスイーツ作って広めます！』 栗栖《くりす》ひよ子《こ》・著

Now Printing

貧乏な日本人ＯＬで、スイーツが大好きだった前世を思い出したエリー。異世界でもスイーツが食べたい！と記憶を頼りにリンゴのフライパンケーキ作ると大好評。近所の人たちにデリバリーを始めることに。するとエリーの評判を聞いた王子・アルトや竜騎士からエリーのスイーツを所望されてしまい…!?

ISBN 978-4-8137-0968-8／予価600円＋税

『ある薬師の話』 森《もり》モト・著

Now Printing

森で暮らす薬師のミトは、王子ライオネルから「勇者の旅に出るので、薬師として参加してほしい」と頼まれる。無理やり連れていかれた城で、薬に何か一つプラスαの効能をつけることができるミトの能力は評判になる。そんなある日、ミトは師匠である今は亡きオルフェウスのある噂を聞き…!?

ISBN 978-4-8137-0969-5／予価600円＋税

タイトル、価格等は変更になることがございますのでご了承ください。